suncolor

suncolor

最後的審判

呂秋遠

suncolor 三采文化

選擇，是需要勇氣的

呂秋遠

在《星光》這本小說結束後，在二〇一九年的國際書展上，有一場與德國作家席拉赫（Ferdinand von Schirach）的對談。從第一本《噬罪人》開始，對於這位啟蒙自己寫作之路的作家，就希望請教他一個問題：「同時身為律師與作家，給自己的期待是什麼？」對我而言，這是相當重要的疑問，因為律師的工作已經讓自己負荷相當重，如果還要持續不斷的寫作，究竟意義何在？不論是在金錢收入上，或是增加知名度上，與律師這個行業相較，寫小說，不會是一件有「投資報酬率」的事。

這個問題，席拉赫並沒有直接回答我，他只是告訴我，為什麼他會辭去律師工作，並且專心寫作的原因，結語還不忘鼓勵我，要我「知道內心的渴望以後，盡快下決定，選擇過自己想要的生活」。只是，選擇，是需要勇氣的，即便面對司法有許多的無力感、纏繞在委託人許多的愛恨情仇之中，經常會有「退隱江湖」的念頭，經過了一年，我還是在律師的工作上努力，但是，多了這本書，接續《星光》的主軸，我還是想談「選擇」這件事。

在《星光》裡，林翊晴告訴夏青，她沒有選擇，只能做出這樣的事情。而在《最後的審判》裡，夏青則是試圖告訴黃莉萍，她可以有選擇，最後黃莉萍確實也做出選擇，只是不見得是一般人所期望的最後決定。小說畢竟是小說，現實生活裡，如果真有黃莉萍，會不會做出同樣的選擇，我不知道。但是當我們在看別人的生活時，總覺得他可以有選擇，做出我們期望的決定。當事與願違而導致悲劇發生時，我們會認為，這個人為什麼會做出這種決定，他有這麼多次回頭的機會，為什麼最終還是選擇要以這種方式「解決」問題？或者，其實這種方式，也根本無法解決問題。

那是因為，我們很難以別人的視野去理解他所遭遇過的種種是什麼，而自以為是的覺得「他可以這麼做，為什麼會做出這種選擇」。但是事實上，他所曾經承受過的種種，或許不是我們能想像的。例如我們對於吸毒犯都會抱以嗤之以鼻的態度，甚至認為這樣的人無可救藥，但是把吸毒犯視為罪犯，在實務上是最不能解決問題的作法，因為對於這些人而言，他們之所以吸毒，有許多我們不能得知與探究的原因，但是多數人不想知道，只想把他們放進監獄裡，以為這樣就能解決問題。因此，繼上一本長篇小說之後，我希望可以討論這個議題，讓讀者可以反思，自己在評判別人的對錯時，可以有什麼樣的態度。

最後，寫小說是一件有趣的事，希望我可以有這樣的能力持續下去，透過小說，讓這個世界可以有些微的改變。

CHAPTER

01

為你
變成他

十月的秋天，在臺灣不會很冷，如果高氣壓突然出現，還會讓氣溫跟夏天一樣炎熱。這一天，就是典型的秋老虎，一點也沒有即將進入初冬的感覺。

午後三點，小男孩獨自在公園裡騎著腳踏車。公園不大，騎腳踏車很快就可以繞完，大概也就是五分鐘左右。他慢慢的騎，因為還不是很熟練。小男孩旁邊沒有其他孩子，也沒有任何大人陪伴。他雖然才五歲左右，卻已經習慣自己一個人在公園裡玩。

幾個月前，媽媽還會陪他在公園裡散步，她會拿出在家做好的餅乾，蹲下來遞給他吃。他就這麼坐在公園的椅子上，雙腳晃啊晃的，一口一口，吃著媽媽給的愛心。不過，他現在就是專心的騎車，希望有天，媽媽可以看到他騎得很快、很穩。

在公園旁邊的便利商店騎樓下，有個穿著襯衫的男子就坐在機車上，他點了根菸，手裡還拿了一杯剛從便利商店買來的熱咖啡，遠遠的看著這個小男孩。他的眼神很專注，而且充滿感情，就像是看著自己的小孩一樣。幾分鐘以後，機車的主人過來牽車，請他移動到別的地方去。

「不好意思，這是我的車。」車主有禮貌的說。

他點點頭，然後站起身來，把位置交還給車主，不忘對車主說：「對不起，占了你的位子。」

他整理了身上皺掉的襯衫，深吸了一口氣，便往公園走去，直到最靠近公共廁所的椅子才停了下來，把公事包放在公園的長椅上，悠閒的看著小男孩獨自嬉戲，就像是一個慈祥的叔叔。過一會兒，他走進廁所，把每扇門都踢開，確認沒有人在裡面，之後走了出來。接著，他把菸蒂丟掉，把還沒喝完的熱咖啡擺在洗手臺上，好整以暇的站在長椅旁。當小男孩騎著腳踏車，悠悠晃晃的靠近他時，他悄悄的從公事包裡拿出水果刀來，這把刀還帶著刀鞘，他輕鬆的插在自己腰間，溫柔的走到小男孩身邊，直接把小男孩從腳踏車上抓下來，並熟練的把一團布塞進小男孩的嘴裡。小男孩被這突然的舉動給嚇愣了，在還不知道發生什麼事，更來不及呼救之下，已被拖拉進廁所裡。

男子掩住小男孩的口鼻，拖拉進最後一間廁所，對著滿臉驚恐的小男孩說：「很快就好了。」小男孩無助的踢著廁所門，身體不斷扭動，讓男子皺起了眉頭，用手指在嘴脣中比了一下，發出「噓」的聲音，小男孩的眼神充滿恐懼。男子輕柔的以右手把水果刀準確插入小男孩的左胸口同時，左手仍然掩住孩子的口鼻，避免小男孩呼救，小男孩的眼睛骨碌碌的看著他，直到斷氣為止。在確定小男孩沒有呼吸以後，他把小男孩放在原地，扣住廁所的門，並用水桶頂住，往上翻過廁所的門，就這樣走了出去。

男子在洗手臺前用力的洗刷自己的雙手與刀子，血跡伴隨著大量的水流入水孔裡。他從口袋裡拿出手帕，細心的、一遍又一遍的擦拭刀子上的水漬。

＊＊＊＊＊＊

時間是下午四點多，黃莉萍帶著女兒走出家門，想到住家附近的超級市場買晚餐的備料。孩子的年紀小，約一歲大，已經會走路。她擔心路上的車多，特別用嬰兒車帶孩子出門，她把安全帶繫上，然後哼著歌出門。孩子靜靜的躺在車內，看著藍色的天空，眼睛裡裝滿好奇的倒影，一邊牙牙學語。媽媽臉部的疤痕，與女兒稚嫩的皮膚，形成了強烈的對比。

他們站在馬路口，正等待紅綠燈號誌中的小綠人出現。黃莉萍彎下腰，輕輕逗弄著女兒，對著她說：「我們一起去買晚餐。」孩子似乎聽懂，對著媽媽微笑著。

剛剛才殺了一個小男孩，男子悄悄的靠近這對母女，他對著母親問：「小姐，請問我可以殺死妳的孩子嗎？」

黃莉萍被這句話嚇壞了，一時之間沒有反應過來，只是看著男子的臉，驚恐的回了一句：「啊！你說什麼？」

男子不回應母親，只是帶著微笑，拿出水果刀，迅速準確的往女孩的左胸口插入，停留一秒鐘後，拔出刀子，刀進刀出，就在瞬間，女嬰的胸口冒出濃稠的血液，嬰兒車隨即被溢出的血染成了紅色。

媽媽嚇呆了，以為自己在做夢。她並沒有像小說裡描述的，立刻發出尖叫聲，而是喉嚨裡像是被石頭卡住一樣，怎麼都叫不出來。她立刻用手捂住孩子的胸口，驚慌的四處張望，向來往的行人求救。

隔了幾秒，就像是一世紀般，她才大夢初醒，開始大叫：「拜託你們，救救我的孩子。」旁邊的人立刻拿起手機報警，只見行凶的男子站在原地傻笑，笑容十分詭異，好像是在嘲弄什麼。立刻有幾個年輕人壓制住男子，打掉他手中的水果刀。男子沒有反抗，嘴巴還唸唸有詞：「師父在上，已經有兩個孩子轉生，媽媽有救了。」

＊＊＊＊＊

時間是下午五點多，士林分局的偵查隊員都各自忙著自己的案件，包括被告、告訴人都來做筆錄。偵查隊的業務非常繁忙，除了檢察官交辦的案件，必須約談當事人來釐清案情外，還有告訴人、被告來警局報案或應訊的案子，案情大多單純，約莫就是傷害、竊盜、詐欺等所謂的「小事情」。

潘志明正在處理一件通姦案，第三者被原配提告。第三者跟原配都哭哭啼啼，先生倒是對她們的對罵無動於衷，反應冷淡。

「妳有跟她先生發生性關係？」潘志明問。

「沒有。我們是『清白的』。」第三者刻意在「清白的」這三個字上加強語氣。

「清白的？所以他們拍到你們一起進汽車旅館、一起過夜、他牽妳的手開房間，這也都是清白的？」潘志明故意以疑惑的語氣問她。

「警察先生，你不需要對我有敵意啦！」她說。「你沒聽過，在愛情的世界裡，不被愛的才是第三者？我們有愛，但沒做愛啦！」

潘志明聽了啼笑皆非。看了原配提供的照片，就是兩個人親密進出汽車旅館，還有在街上擁吻的畫面。至於原配去旅館「抓姦」的當下，並沒有發現任何使用過的保險套、沾有精液的衛生紙。

在偵查隊辦公室的另一側，原配指著自己的先生破口大罵：「警察先生，他趁著我們敲門的時候，早已把所有罪證都丟進馬桶沖掉了。你要主持公道啊！」

先生聽了反唇相譏：「妳太早來了，我們還沒做！真可惜沒讓妳看到精采畫面！」

原配聽到這段話，嚎啕大哭：「你都沒有想到我們的孩子才幾歲！竟然這麼對我？」

眼見情況一片混亂，潘志明請他們暫時先分開，他準備開始對第三者做筆錄。

就在這時候，勤務中心轉來電話，在轄區裡發生重大治安案件，聽起來像是隨機殺人案。小隊長走出辦公室，高聲喊叫：「學長，幸福路口發生殺人案，不管你現在處理什麼案件，立刻放下手邊的工作，帶幾個同仁趕到現場去了解案情！」

「什麼案件？找有空的學長去可以嗎？」他隨口問。他只想趕快把這件缺乏證據的抓姦案處理完，所以並沒有很想去。

「快去！是一個小孩被殺，送到醫院的時候已經斷氣。」小隊長很急的說：「嫌犯已經當場被路人壓制，你去把他帶回來做筆錄。」

潘志明無奈的對這三位因通姦而來警察局的人說：「你們都聽到了，我請我的同事來幫忙繼續做筆錄。」

「警察先生，你怎麼可以這麼不負責任？」原配不滿的說。「你要把事情處理完吧！」

「我坦白告訴你們，」潘志明說：「這件案子不會被起訴的。通姦罪，要有證據！只有兩個人在汽車旅館裡，可以聊天、吃飯，又不一定在做愛。通姦罪，必須是兩個人的性器官有碰到啦！」

「這怎麼證明啊！難道你要我拍他們正在做愛的畫面才叫做證據嗎？這根本強人所難啊！」原配不想放過潘志明。「我找了徵信社去拍照，花了一大筆錢，就只能拍到這些而已啊！」

「好啦！」潘志明沒想繼續理他們：「我先去抓犯人，我同事會幫忙處理你們的事情。」

說完便把卷宗順手交給了學弟。

要離開的時候，他還聽見先生高聲質問原配：「現在兒子在哪裡？妳只知道花我的錢找別人來整我，然後把事情弄得這麼難看。妳不好好顧孩子，讓他單獨在公園裡騎腳踏車，像話嗎？」

「臺灣的治安很好，你放心啦！」女人也反脣相譏：「你只愛你兒子，根本不在乎我。」

＊＊＊＊＊

從小隊長的口氣裡，潘志明知道事態嚴重。偵防車緊急闖過幾個紅燈，不過救護車還是比較快，他到達現場時，母親跟孩子已經被送到醫院了。據說母親受到高度驚嚇，到醫院都還無法講話。警方立刻將現場圍起封鎖線，潘志明拉開封鎖線進入裡面，遠遠就看見鄭騰慶被兩個年輕男子壓制在地上。鄭騰慶沒有積極反抗，臉貼地上喃喃自語：「得救了、得救了、得救了……」

「你死定了，不是得救了。」其中一個年輕男子氣憤的說，又打了他一拳。

「謝謝你們的協助！」潘志明拿出手銬，請另一個同事幫忙押解。「我們會把他帶回警局。請你們留下基本資料，有進一步需要的話，會請你們來警局作證。」

潘志明把鄭騰慶押上警車，並請同事留下來善後。但就在警車剛駛過一個路口，他立刻接到小隊長打來的電話：「剛剛有民眾報案，在幸福公園的公廁裡發現一具男童屍體，手法跟這一件一模一樣。你問一下那個傢伙，人是不是他殺的？」

「你還有對誰下手？」潘志明聽到這樣的事情，當下怒氣勃發：「你是不是有病啊！」

「你們不能抓我，我沒有做錯。」鄭騰慶不斷的自言自語：「南無阿彌多婆夜、哆他伽多夜、哆地夜他。阿彌利都婆毗、阿彌利哆、悉耽婆毗、阿彌唎哆、毗迦蘭帝、阿彌唎哆、毗迦蘭多、伽彌膩、伽伽楉、枳多、迦利、娑婆訶。」他反覆念著一段潘志明聽不懂的話，對於警方的提問，像是沒聽到一樣，完全不做任何回應。

「學長，我們去調公園的監視攝影器，應該就可以知道究竟是誰幹的。」後座的同事提醒他。

潘志明點點頭，以不解的眼神看著這個沒有悔意的殺人犯。他穿著襯衫、西裝褲，衣著整齊，身上帶有身分證，上面寫著：鄭騰慶。他的公事包裡有一些白紙，寫滿潦草又密密麻麻的文字，潘志明還沒細看。如果這個人不開口，應該沒有人會察覺他竟然會犯下如此殘忍的罪行。

警車迅速的將殺人犯送到分局，而電子媒體也紛紛到達分局，準備等候攔截殺人犯。還好警車回到分局時，只有一、兩家媒體；分局長接獲通知，立刻返回局裡坐鎮，因為這種立刻抓到殺人犯的案件，人們不會苛責警方，但至少要在偵訊後給大眾一種說法，讓惶惶的人心迅速安定下來。潘志明遞給鄭騰慶一頂安全帽，要他戴上。鄭騰慶搖搖頭，反問潘志明：「又不是騎車，為什麼要戴這個？」潘志明只能苦笑。再看鄭騰慶精神恍惚的樣子，潘志明知道現在應該沒辦法製作筆錄，或許要請示檢察官，接下來要怎麼處理。

下車時，媒體蜂擁而至。有位記者突然把麥克風遞到鄭騰慶面前，問他：「你為什麼這麼狠心，要殺害小孩？」

鄭騰慶茫然的說：「我沒有殺人，這是救人。」

這個回答讓許多人愣住了，一時之間不知如何進一步追問。潘志明趁著空檔，請同事幫忙擠出一條通道，將殺人犯帶入分局。混亂中，鄭騰慶被不知從哪來的拳頭打了幾下，幸好只打到安全帽而已，潘志明佩服自己的「先見之明」，否則鄭騰慶還會被多打幾拳。

＊＊＊＊＊＊

時間已經是晚間七點多，分局外的氣氛越來越緊張。隨著媒體報導，越來越多人知道有個無辜的女童被隨機殺人犯殺害，而且這個殺人犯還可能涉嫌另一起男童謀殺案，義憤填膺的群眾，包圍著警察局，許多人在門外怒吼，希望警方給個交代，把殺人犯交出來。

門口不斷有人叫囂著，都是非常難聽的三字經，辱罵的字眼，伴隨著雞蛋丟往分局門口。警察不得不派人出來制止，並且與帶頭的幾個民眾溝通。

「你們警察不要包庇殺人犯，把他交出來，讓我們來處理。」其中一個人大喊，其他人跟著附和。「對啦！交出來就對了，法律沒效啦！殺人馬上就被交保了！」

「我們會把他送到地檢署交給檢察官偵辦，請放心，我們會依法處理。」副所長拿著大聲公，耐心的解釋給民眾聽。「司法機關一定會給大家一個交代的。」

聽著副所長無可奈何的解釋，潘志明轉頭看著呼呼大睡的鄭騰慶，他覺得有些納悶，要怎麼給交代？

「讓他們打死他，或許是一種方式。問題是，他們又不是當事人，哪來的怒氣，可以因為這個人殺害了另一個無辜的人，為了正義、看不下去，就想把這個人打死嗎？」潘志明自言自語著。「為了正義感而殺人，跟沒有目的的殺人，不是一樣嗎？」

同事走過來拍了一下潘志明的肩膀。「學長，不要在那邊自言自語了，公園的監視錄影光碟已經送過來，果然是他幹的。案發當時，他在現場，有拍到他把孩子拖進去公共廁所裡的畫面。」

「知道男孩是誰了嗎？聯絡到男孩的父母沒有？」潘志明連續問了兩個問題。

「學長，就是下午來告通姦的那一對夫妻。」同事無奈的說。

潘志明倒吸一口氣，天下這麼巧的事情還真能發生。「他們現在人在哪裡？」

「他們已經去殯儀館指認，等等會過來做筆錄。」同事說。

兩個孩子的父母，面對孩子慘死的事實，殺人犯卻正呼呼大睡，完全不知道自己將要面對的風暴。

潘志明決定先列扣押物的清單，同時確認寫在白紙上的文字內容，因為得在殺人犯被移送地檢署之前，做出一份能讓檢察官參考的警詢筆錄。畢竟此人的犯行殘忍，到目前為止，沒有人知道他殺人的動機究竟是什麼！

＊＊＊＊＊

夜幕低垂，飄著細雨。在台北市立第一殯儀館，兩個孩子的家屬已經到達。面對這樣的突發狀況，先由外勤檢察官接手，隨後就由潘志明來承辦，他緊急調派檢驗員前往相驗。所謂外勤檢察官，就是當有死亡事故發生時，第一時間接手的值班檢察官負責初步的調查。檢察官很快抵達殯儀館，跟檢驗員一起了解被害人死亡的原因與狀況。

「報告檢座，第一個受害者是五歲四個月的男童，推估死亡時間是下午三點二十分。死亡原因是左胸遭銳器刺傷，刺入心臟左心室與左胸腔內，引起心包填塞積血，大量左側血胸和左肺扁塌，這是主要致死原因，最後因心肺衰竭和低血容性休克而死亡，死亡方式應為他殺。第二個受害者是一歲的女童，推估死亡時間是下午四點半，死因跟前者一樣。更進一步的報告，要等法醫解剖後才知道。」驗屍的檢驗員表情凝重：「這個人下手精準，非常凶殘。」

檢察官苦笑：「不用加上後面幾個字，我知道你想表達的意思。」

女童與男童的家屬分坐在殯儀館為檢察官開設的臨時偵查庭外的椅子兩側，他們原本就互不相識，現在也只能悲傷的對望，不知道該說些什麼。

「你他媽的只知道抓姦！」男童的爸爸對媽媽大吼。「妳就把孩子放在公園，讓他一個人在那裡。孩子今天會死，都是妳害的。」

面對先生的指責，或許是不知道該說什麼，媽媽只能大哭，但是眼淚已經流乾，只能乾嚎，近乎絕望與傷心的那種。

男童的爸爸張品祥，在一家上市公司擔任小主管，平常與部屬相處良好，今天跟他在汽車旅館的女人，就是他的祕書。他在婚後跟太太蕭淑惠的感情轉為平淡，兩個人當初是奉子成婚，也只有這個孩子。

看著張品祥不斷的指責與辱罵、蕭淑惠的大聲哭嚎，黃莉萍的反應相對平靜，好像剛剛過世的孩子與她無關一樣。她坐在長椅上，雖然臉上還有些微淚痕，眼睛紅腫，卻是一臉堅毅。法警先請受害男童的爸媽進入靈堂旁邊的臨時偵訊室，檢察官聽完檢驗員的檢驗報告，想聽聽孩子的爸媽在案發時所知道的情況。檢察官先簡單的向他們核對身分，然後開始詢問問題。

「請問，案發當時，也就是今天下午三點多，你們兩位在哪裡？」檢察官問。

「他在汽車旅館跟一個賤女人打砲。」蕭淑惠搶先回答。

「妳他媽的嘴巴放尊重點，誰說我有打砲？」張品祥立刻反脣相譏：「妳花了大筆錢抓姦，妳又抓到了什麼？」

檢察官皺起了眉頭：「你們兩位請針對我的問題回答。我只是想知道，當時有沒有家長在案發現場？」

「我先生當時在汽車旅館，我在汽車旅館門口。」蕭淑惠說：「我以為公園裡很安全的，我不知道會發生這種事。」

「是這樣嗎？」檢察官問張品祥。

「是的。平常孩子都是由我老婆照顧，我真的不知道會發生這種事。」張品祥懊惱的說。

「所以你們對於案發當時發生的事情都不知道？」檢察官問。

「當時公園裡沒什麼人，我以為一下子就可以回來，所以我才會去抓姦，怎麼知道會變成這樣！」蕭淑惠想到孩子就這麼走了，又是泣不成聲。「我接到通知才知道，孩子已經被殺死了。」

「檢察官，我一定要他死。」張品祥氣憤的說：「法院如果沒辦法判他死刑的話，那就我自己來。」

檢察官無意識的揮了揮手，要他們在筆錄簽完名後離開這個房間，接著請黃莉萍進來。核對身分後，檢察官開始問話。

「可以請妳描述，當下發生什麼事情嗎？」檢察官問。

可以看得出來，黃莉萍強忍悲傷，但是對談中仍然條理分明，她把當時發生的情況，乃至於凶手對她說的一字一句，都重複讓檢察官知道，她甚至清楚記得，凶手當時所站的位置、是哪些人曾經當場幫助她。

檢察官出示凶嫌的照片給黃莉萍看。「妳確定是這個人嗎？」

她看了一眼照片，點點頭說：「當然，我不會忘記的。」

對於黃莉萍的冷靜，檢察官感覺五味雜陳，畢竟對一個剛失去至親的人來說，她的反應讓人訝異，又令人疼惜。正想結束詢問時，他想起了孩子的父親。

「妳的身分證配偶欄是空白的。」檢察官頓了一下：「請問，妳的婚姻狀況是？」

「我未婚。」她輕描淡寫的說：「但是請不要聯絡孩子的生父。孩子的監護權是我的，不需要跟孩子的爸交代任何事。」

「還是要讓他知道比較好吧？」檢察官不放心的問。

「不用。真有必要，我會自己告訴他。」黃莉萍說。

檢察官讓她簽名具結，並且請她出去後，陷入了沉思。這兩個孩子的父母，都有自己的人生課題要處理，特別是小女孩的媽媽，反應特別不一樣，她臉上的燒燙傷，似乎隱藏著祕密，她究竟在想什麼？不過，檢察官並沒有想太久，他把這些卷證整理後，只想趕快回家擁抱家人。

CHAPTER

02

I Love you 無望

時間是晚上十點多，夏青還在律師事務所寫訴狀，畢竟白天是她開會與開庭的時間，只有這時候才可以靜下心來寫點文字東西。在林翊晴進入少年監獄後，她又恢復了過去「不正常」的生活。三餐不正常、作息不規律。不過對於她而言，這樣的生活似乎比較適合她。

在林翊晴離開以後，夏青偶爾還是會想到她。林翊晴進入監獄前，她們曾經在看守所有過最後一場對話：

「姐，妳知道為什麼最後我放棄對妳下手嗎？」林翊晴淡淡的說。

「我不知道。因為妳愛我？」夏青反問。

「哈！」林翊晴笑了：「我是愛妳，妳是我唯一的親人。但是我也很討厭妳，討厭妳這種個性。」

「我什麼個性？」夏青反問。

林翊晴心不在焉的用手指在桌上不知寫些什麼，久久沒有說話，夏青也就這麼靜靜的看著她。

幾分鐘以後，林翊晴抬起頭來，對著夏青說：「姐，妳回去吧！以後妳就會發現，妳是錯的，我才是對的。」

夏青覺得莫名其妙。「什麼對、什麼錯？」

「人生沒有過不去的，是一種風涼話。事實上，絕大多數人都過不去，他們只是選擇忘記，或是算了，而讓事情就這麼過去了。」林翊晴說。「記得我曾經跟妳說過的話嗎？『天上的那些星光，它們可能早就已經毀滅了，只是星光傳到地球來，需要一點時間，所以我們還能看到這些星光。也就是說，我們現在看到的，其實都是過去的累積。』」

「妳還是沒改變這樣的看法？」夏青嘆了一口氣。「我認為人是可以有選擇的。」

「是嗎？」林翊晴淡淡的微笑。

夏青看了心頭震了一下，也沒有再多說什麼，這個孩子總是會讓自己大吃一驚，就像是後來她竟然同意自首，而且把所有的計畫和盤托出一樣。

她闔上了電腦，正想著要不要下班，到超市買點東西回家自己煮。這時，手機突然響起，但不是熟悉的號碼。夏青對於這樣的電話早習以為常，她迅速的接起電話。

「你好，我是夏青。」

「妳好，我是黃莉萍，請問妳現在方便接聽電話嗎？我有案子想要委託妳處理。」

夏青倒抽了一口氣，她知道這件事，黃莉萍就是下午才發生的悲劇主角。

「妳，還好嗎？」夏青沒有回答要不要接受委任，而是反問了這句話，即使有些多餘。

「哈。妳這個問題就像是記者在災難現場問家屬：你爸死了，你會傷心嗎？」對面傳來了笑聲，但聽起來就是非常苦澀。「妳覺得呢？我會好嗎？」

「明天我們見面聊聊如何？」夏青小心翼翼的問。

「可以啊！我已經跟公司辭職，明天以後我不會去上班了。」黃莉萍說。

夏青立刻聯絡祕書，要她把明天的幾個會議取消。夏青以為媽媽需要安慰，也希望明天可以立刻見到這位媽媽。

＊＊＊＊＊

白正廷看著電視上的新聞，覺得太不可置信，雖然他經手過很多凶殘的案件，但在短短幾個小時之內，竟然有兩個孩子被殺害，縱使凶嫌看起來處於心神喪失的狀態，他還是難以接受。

幾個月前，他不顧岳父的反對，離開地檢署檢察官的工作，選擇轉任律師。

「你何必放棄這份工作？你很快就可以升主任檢察官，這次的失敗，對於你的未來也沒有太大影響，一次的敗訴，難道就把你擊倒？」岳父很不滿意他的選擇。

「不，我只是懷疑這份工作的價值。我以前認為，檢察官這樣的工作，是可以讓我發現正義、實現正義的職業。但是那件案子讓我開始懷疑，什麼是正義？就算判刑確定，難道就能解決問題嗎？」他問岳父大人。

「或許不能解決問題，但我們本來就不能解決所有問題。犯罪，來自於什麼原因，即使我當了三十幾年的檢察官，看過這麼多的犯行，我也不能確定。」岳父疲累的說：「但是我可以確定一件事，當你權力越大、責任越重，你能改變的事情就越多。你真的不考慮留下來，改變目前的司法體制？你知道的，現在司法院正在推動參審制，以後檢察官的責任會更大，替被害人伸張權利的人，也只有我們了。」

「爸，我當檢察官，不是為了把人送進監獄裡，而是要解決人的問題。但是我發現，在這個職位上，限於公務體制的設計，我沒有能力解決許多問題。」白正廷說。「或許在律師這個位置上，我可以看到更多以前我沒有發現的問題。」

岳父不置可否，卻也無可奈何。辭呈很快的就送到臺北地方檢察署的檢察長桌上，即使檢察長約見白正廷三次，他都沒有任何動搖，最後檢察長只能同意他就這麼離開。

白正廷把所有存款拿出來，通過檢覈與臺北律師公會的入會程序後，在臺北街頭開了一家律師事務所，這時候他才感到所謂「在野法曹」（律師）與執政者（法官）的不同。從此以後，他沒有書記官、司機、法警協助辦案，以前覺得一個月一百多件新案讓他精力充沛，但是現在每個月光是辦理十件以下的案件就已經讓他心力交瘁。岳父很擔心自己女兒過得好不好，便利用自己的人脈介紹了許多案件給他。因為這些案件大多受到社會矚目，很快的，他在律師界有了些微的聲譽，而且手下已經僱用幾個律師，儼然有些規模。當然，有許多人並不以為然，覺得他是靠岳父才有這樣的成績。

白正廷不擔心這個，倒是對於接案的類型有些不適應。岳父身為檢察長，自然認識不少所謂達官顯要，這些人的「朋友」，大概就是集中在證券交易法、貪汙治罪條例、公司法等與「富貴險中求」的案件裡。過去他當檢察官的時候，輪分的案件沒得選。但是當律師以後，這些熟人請託的案件也沒辦法推辭。律師報酬比起過去當檢察官來說，增加太多，但是他並不快樂。

上週在士林地方法院開庭的內線交易案就是如此。被告已經被檢察官起訴，卻不願意認罪，因此在移交法院時，檢察官仍對被告聲請繼續羈押，避免被告被釋放以後與其他證人串供。就白正廷的觀點來看，他認為這樣的聲請羈押理由根本不夠，因為並沒有事實可以證明，被告與其他證人有勾串的情況；何況歷經這麼久的偵查，檢察官已經起訴，相關證人也已經具結，往後要翻供也不會被法官採信，何來刑事訴訟法上羈押的理由？他信心滿滿的在辯護人的席位上，認為交保應該是理所當然的，然而情況並不是他所想的這樣。

「請問檢察官繼續聲請羈押的理由為何？」法官面無表情的坐在裁判席上。

「如聲請書所載。」檢察官也很簡單的回覆。

法官無意識的翻閱卷宗，沉默了幾分鐘，然後問了白正廷：「辯護人，對於檢察官聲請繼續羈押有何意見？」

「檢察官聲請繼續羈押並無理由，因為羈押乃是偵查刑事犯罪的最後手段，畢竟涉及無罪前就已經限制人身自由。本案經半年餘調查，相關證人已經於檢察官前具結作證，如果有相關事證也應該調查完畢。退萬步言，縱使日後真有被告與其他證人勾串之情形，在法院中更改說詞，也無法動搖法官之心證。是以檢察官聲請應無理由，請庭上斟酌。」白正廷慷慨激昂的論述，有條有理、有憑有據。

法官沒說什麼，只是示意書記官移動滑鼠，把電腦螢幕向下展延。白正廷不敢相信自己的眼睛，因為螢幕上竟然出現「法官諭知繼續羈押」等一大段文字：

「被告犯有證券交易法第171條第1項第2款，犯罪嫌疑重大，並有事實可認其有勾串證人之虞，依刑事訴訟法第101條第1項第2款之規定繼續羈押。被告還押。」

法官緩緩的把這些文字念出來，法警一邊拿出手銬，準備對被告上銬。在白正廷旁邊的被告臉色發白，直問白正廷：「律師，怎麼會這樣、怎麼會這樣？我付了這麼多錢，怎麼還會這樣？」白正廷非常氣憤，立刻對法官發難。「請問審判長，你所謂『事實足認』的『事實』，到底在哪裡？有什麼事實可以讓你認為被告必然會串供？」

法官收拾了桌面，冷淡的對他說：「你有意見的話，可以依法抗告。」說完掉頭就走。

對面的公訴檢察官似笑非笑的看著白正廷，站起身來對他說：「如果你還是檢察官，你應該會認為這樣的決定很正確吧！怎麼會換了位置就換了腦袋呢？」

白正廷對他冷笑：「我在乎的是法律，而法律不會因為人的位置而改變。」公訴檢察官聳聳肩，並沒有理會他，白正廷就像是洩了氣的皮球一樣。

事實上，轉換身分以後，他最不能適應的事情有二：首先，他已經越來越難分辨正義是什麼？追訴犯罪是正義？抑或是保護被告法律上的權益是正義？其次，他不喜歡幫所謂「有錢人」解套，一點也不喜歡。

他坐在辦公室的沙發上，看著電視的ＳＮＧ報導，不斷重播地面上的血跡。警方封鎖消息，記者只能以高昂的聲音，重複先前說過的話。白正廷覺得厭煩，起身把電視關掉，他突然覺得，自己還能回家抱抱家人，是一件很幸福的事情。

「老闆，有當事人要見你，現在方便嗎？」祕書打了內線電話進來。

「喔？我記得我沒有約了。」白正廷說：「我正想回家呢！」

祕書有點遲疑的跟他說：「是法律扶助基金會詢問的案件，他們想知道你是不是願意接手今天隨機殺人案被告的辯護。」

祕書話語剛落，他的手機就響了。

「正廷啊！你看到新聞報導沒有？今天那件連續殺人案的被告，已經移送到士林地檢署，你千萬不要接這種案件，除了會讓你身價暴跌以外，一點好處也沒有。你記得，不要站在風向的對立面，為他辯護，你什麼好處也沒有。我會幫你安排被害人家屬，你擔任告訴代理人，才是正義面，聽懂嗎？」檢察長還是不改本色，總是要他好好「掌握」機會。

「好，我知道了。謝謝爸爸的提醒。」白正廷沉穩的回應。

檢察長滿意的把電話掛斷了，白正廷突然有些解脫的感覺，或者說是一種反叛。

不過當下他並沒有想太多，只是請祕書立刻聯繫法律扶助基金會士林分會，同意分會的指派，由他來擔任義務辯護律師。基金會的輪值人員接到電話並不訝異，只是請白正廷將資料準備好，隨時都有可能要安排到地檢署陪同被告偵訊。

＊＊＊＊＊＊

第二天，夏青很早就到事務所，買齊了四大報，快速瀏覽報紙內容，以及網路上的反應。所有的平面報導幾乎都把這件事情當做頭條新聞，只是報導角度有所不同。這些頭條反映出有趣的現象，例如：某家報社直接抨擊執政黨施政不力，社會安全網出現極大破洞，並且點名要求內政部長及衛生福利部長下臺負責；另一家報社將現場血跡斑斑的照片放大放在頭版，並且不知道從哪裡得到了小男孩的照片，即使將眼睛馬賽克，還是約略可以看出孩子的模樣。只有一家媒體，把政治新聞放在頭版，內容則是大力吹捧特定的政治人物，而這件悲劇只約略提到。

至於網路上是一片哀嚎之聲與肅殺之氣。所謂哀嚎之聲，就是在社群網站上大多出現RIP字眼，許多人紛紛在自己的臉書上表達哀悼之意，對於受害人的評論，大多認為女孩的媽媽很堅強、男孩的爸爸是人渣。但是肅殺之氣則讓夏青感覺有些不舒坦，因為觸眼所見，都要求立刻折磨這個加害人，並且在折磨以後判處死刑、立刻執行。至於廢死聯盟，這時候說任何話都已經沒人在意，因為昨天傍晚發表在臉書上，反對以暴制暴的聲明，立刻被民眾檢舉下架。幾乎所有人都想處死這個殺人犯，而提到精神障礙的人不是沒有，但是冷嘲熱諷者多，不外乎就是「又是精神病，可以無罪是吧？」「那麼我哪天殺人，也可以無罪？這樣我來殺幾個人看看。」夏青把臉書關掉，因為不想看到這種直覺式的處刑思考模式，而她還在想，小女孩的媽媽，究竟是怎麼樣的一個人。

正當夏青無意識點開某些網路論壇時，祕書進來告訴她，黃莉萍已經到了。她看看手錶，非常準時，就是九點整。她立刻整理了資料，走進會議室。黃莉萍看到律師進來，立刻起身向她致意。黃莉萍的表情很疲累，眼睛紅腫，雖然臉上已經看不到淚水，但是看得出來情緒處於一種滿載的狀況，隨時都有可能宣洩而出。

「律師，我是孩子的媽媽，我姓黃。」黃莉萍面無表情的說，她臉上有一塊大的疤痕，像是燒燙傷所導致。

「妳好，我是夏青律師。」夏青不以為意，只是伸出手來，想要跟她握手，但是黃莉萍並沒有回應，她只好尷尬的把手收回來，而且迅速的移轉話題：「妳怎麼會想要找我當妳的律師？」

「其實我最近才跟孩子從南投搬來臺北，展開新的生活，臺北的律師我還真不認識誰。前兩天我在一則新聞裡面看到妳，就是妳跟林翊晴的故事。我覺得妳既然願意給一個陌生的女生協助，應該也可以幫助我。」黃莉萍說。「不好意思，我臉上的疤痕好像嚇到妳了。」

「當然沒有。」夏青試圖要找一些話題來化解尷尬。「南投是個很美麗的城市，特別是仁愛鄉那裡，我很喜歡清境農場。」

「嗯，我在搬來臺北之前，就是住在那裡。」黃莉萍淡淡的說：「但不談這個，我想妳應該知道狀況了。」

「我知道。」夏青說：「但是我對於詳細的情況並不清楚，因為現在媒體的報導太過於聳動和模糊，我不知道真相是什麼。」

「真相？」黃莉萍開始有些激動，「對，我就是想知道真相。為什麼我只是帶著孩子在路上走，卻遇到這樣的情況？他們都告訴我，因為我遇到了精神病患，這種人是社會上的不定時炸彈，只要把他殺了，問題就解決了。可是我覺得這根本就莫名其妙，殺了一個，接著又會有下一個。這些人會害怕死刑嗎？這些人會在意被槍斃嗎？他們不在乎。那麼真相是什麼？我的孩子被一個精神病患殺死，然後國家把這個殺人犯處死，事情就這樣解決嗎？」

對於媽媽這樣的想法，夏青有些意外，因為殺人償命，不是這個社會的共識嗎？尤其她是被害人的家屬，怎麼會有這樣的想法？

「妳不會希望讓國家判處他死刑嗎？」夏青小心翼翼的問。

「哈。」黃莉萍笑得有點淒涼：「我想，我很想。從事情發生到現在，我冷靜下來以後，看著小朋友留在家裡的所有東西，我都覺得很荒謬，一點現實感也沒有。我很想從這個夢當中醒過來，孩子還在我身邊哭泣、傻笑，我幫她換尿布，帶她一起出門。可是我沒有辦法醒過來，我只能一直咒罵這個人，我希望他死，而且在我面前死掉，我會用一切方法折磨他。」她停頓了一下：「但是，然後呢？下一個精神病患再出現，再多死幾個被害人，國家再多處死幾個人，是這樣嗎？我覺得該死就要死，但是這個人死了，然後呢？」

聽到這裡，夏青似乎模糊的抓到了什麼，但是很難確定是不是她心中真正的想法。「所以妳希望我可以向法院主張判處他死刑？」

「都好，我不懂法律，妳覺得我可以要求什麼？」

「身為被害人，未來法院會『要求』妳當證人，描述當時的情況，也會視情況『邀請』妳出席陳述意見，特別是要不要接受和解，或是對於未來被告量刑有什麼看法。」夏青特別在「要求」與「邀請」上加重語氣。「所以妳可以原諒他，當然也可以要求判處死刑，但是最後的決定權都在法官身上。」

「那麼真相呢？他為什麼殺了我家的孩子，我可以知道嗎？我知道像他這種人，應該也沒什麼財產，民事賠償我是要不到了。」她無奈的說：「雖然賠償對我而言也沒有意義就是了。」

「好的，我們先查出真相，究竟為什麼他會殺人。」夏青說。

＊＊＊＊＊

跟夏青相同，白正廷一大早就收到法律扶助基金會的通知，到士林地檢署陪同被告偵訊。依據刑事訴訟法規定，檢察官與警方必須在二十四小時之內完成偵訊過程，並且移送法院，否則就得將被告釋放。警方已經完成初步的偵訊，雖然過程中問不出什麼，但已經將犯罪結果做了整理。目前的狀況就是兩名被害兒童已經死亡，而被告雖然胡言亂語，從目擊證人的證詞顯示，確實是被告所為。前一天晚上檢察官已經問過家屬，接著就要訊問鄭騰慶。

士林地檢署門口已經滿滿都是記者，有幾個眼尖的記者看到白正廷，立刻呼喚其他同業一起過來採訪。但是白正廷只能表示「無可奉告」，倒不是他不願意說，而是他什麼都還不知道，如何能說？他只能苦笑著，穿過人群到法警室報到。突然有一個記者高聲問他：「身為曾經是檢察官的身分，現在替壞人辯護，你不會良心不安嗎？」在吵雜的提問聲中，白正廷定了神大聲的說：「我不是為壞人辯護，我是為法律而辯護，這一點不論是檢察官或是律師，都是一樣的。」不管記者的反應，他迅速上了二樓，總算躲開了記者的採訪。

他報到後，就坐在偵查庭裡，安靜的與檢察官對望，現場只有書記官整理筆錄的打字聲。這已經是白正廷不知道第幾次坐在下面，但仍然有些不習慣。根據律師法規定，司法官轉任律師後，三年不得在原來的轄區登錄，以免有瓜田李下之嫌，白正廷原來在臺北地檢署擔任檢察官，所以轉任後還是可以在士林地檢署執業。不習慣的原因在於，他原來才知道，以前在擔任檢察官的時候，那種居高臨下的態度會帶給辯護人與被告多大的心理壓力。這樣的壓力，他現在就有。並不是因為這位被告會被起訴，而是檢察官看著他的眼神，就像是「身為曾經是檢察官的你，竟然為壞人辯護」這種感覺，令他有如百蟲爬搔一樣的不舒服。還好這樣的不愉快感，很快就告一段落，因為被告已經被法警押解進偵查庭中。

法警解開了被告的手銬以後，被告立刻笑了。「我沒有罪，為什麼要抓我？」法警立刻訓斥他，要他安靜，但是看來並沒有起作用，他還是持續低聲喃喃自語，似乎在念經文。

「請問被告的姓名與年籍資料？」檢察官在他的笑聲中，面色不改的詢問。

「我不想說。我沒有犯罪。」被告不屑的說。

書記官聽到這樣的答案，有點不知所措，看了一下檢察官，打字的動作也就停頓了。

「就照實記錄。」檢察官說。接著繼續問被告：「根據你的身分證、指紋與照片，本署調查過你的身分資料，你的名字是否是鄭騰慶、戶籍住址設在新北市汐止區小康路一七四號？」

「這很重要嗎？」鄭騰慶口氣不小的反問檢察官。

「被告，你是否於一〇七年十月十五日下午三點許，在台北市士林區的幸福公園，持刀殺害一名男童；並且於同日下午四點許，在台北市士林區幸福路口，再度持刀殺害另一名女童？」檢察官感覺起來有些無奈，但還是只能繼續問下去。

「他們沒死。」鄭騰慶緩緩的說。「死，是凡人的概念。這兩個孩子現在活得很好，不是你想的這樣，不要用你們凡人的概念來看這個問題。」

坐在辯護人席位的白正廷有些驚訝，一般而言，正常的被告會做這樣的答辯是匪夷所思的，似乎帶點宗教的意涵，卻又不適合在這種場合出現。他身為律師，幾度想插嘴糾正，但是後來還是沒有說什麼，從律師的角度，似乎抓到了為鄭騰慶辯護的方向。他反而把手交叉放在胸前，好整以暇的看著這一切，他想看看這個檢察官會怎麼處理這樣的情況。

檢察官的額頭開始有點冒汗，因為他發現問不出任何東西來，有些被告希望做精神抗辯，總是在辯護人的教導下，或是自作聰明的認為，這麼說可以讓司法輕判。但是這個被告，在事先沒有律師接見的情況下，陳述的內容竟然與精神抗辯的方向相同，而且問不出任何事實與真相。

「被告，你是否知道你殺了人？」檢察官問。

「我沒有殺人，我想救人。他們沒有死，只是你以為他們死了而已。」他不以為然的反駁檢察官：「我做過法，所以這兩個人的肉身消失，但是他們仍然活在另一個世界裡，生與死，不是你們凡人界定的。」

雖然又是一種宗教的說法，但檢察官從他的供詞裡，找到了重點：「所以你知道這刀下去，會剝奪他們的生命？因為你剛剛說，可以讓他們的肉身消失？」

「肉體不是生命，精神才是。」鄭騰慶一本正經的回應。如果不是殺害幼童這麼殘忍的案件，對於檢察官來說，這樣的哲學思考或許有意義，但是訊問到目前為止，他完全得不到任何有用的訊息。

這些話，對於一個剛犯下殺人重罪的兇手來說，簡直不可理喻。檢察官看了一下白正廷：「辯護人有何陳述？」

「檢座，辯護人希望能為被告聲請精神鑑定。」白正廷簡單扼要的說：「從剛剛被告的答辯中可以發現，被告根本完全不知道、也不認為自己的行為是殺人，是以有必要將被告移送精神鑑定，確認是否符合刑法第19條第1項的不罰事由。」

檢察官皺起了眉頭，他就知道白正廷會這麼說，事實上也確實應該要進行精神鑑定，但是精神鑑定曠日廢時，而且結果對於檢方來說，樂觀的可能性不高，或許被告精神鑑定出來的結果確實有精神障礙的問題，導致他在行為時不能辨認違法。

「是否要做精神鑑定，檢方會考慮。但是目前檢方認為，從被告的自白與剛剛答辯的過程中，知道用刀割斷喉嚨確實會導致一般人死亡的結果，因此檢方會一併考量後，決定是否要進行鑑定。」檢察官回應白正廷。

「莫非檢座認為，他在行為時的表現是正常的嗎？我都要懷疑自己不正常了。」白正廷自嘲的說。

「白『大』律師，」檢察官特別強調「大」這個字，「您先前也是檢察官，應該知道精神鑑定需要很繁瑣的流程與時間，我希望你不要浪費司法資源。而且從他的答辯當中，我只覺得他在裝病，這種回答就是典型的胡言亂語而已，與精神抗辯有什麼關係？如果你還是檢察官，你會同意進行精神鑑定嗎？」

「我不是，所以我不用回答你。」白正廷的回答也很嗆：「雖然我不用回答你，但是我可以回答你，我會。」

檢察官無意識的揮了揮手。「好吧！被告、辯護人簽名，被告涉嫌殺人罪，並且認為被告犯罪嫌疑重大，所犯為死刑、無期徒刑或最輕本刑為五年以上有期徒刑之罪，並有相當理由認為有逃亡、湮滅、偽造、變造證據或勾串共犯或證人之虞者。應符合刑事訴訟法第101條第1項第3款之事由，本席將向法院聲請羈押。」

聽到這樣的強制處分，白正廷並不意外，原則上，遇到這樣的案件，任何一位檢察官都會聲請羈押，而且任何一位法官都會准許。他也只能默默的在筆錄上簽名，等候法官通知開庭。被告嘟嘟囔囔的不願意簽名，檢察官索性示意要法警帶他下去拘留室。

正當白正廷要走出偵查庭，在臺上的檢察官叫住了他。「學長，你真的覺得他的精神有狀況嗎？」

「這是當然。」白正廷覺得又好氣又好笑：「他那種反應，任何正常人看到，都會覺得有問題吧！」

「可是，學長，如果是你，你會同意做精神鑑定，然後在結果出來以後，直接給予不起訴處分嗎？」

聽到這句話，白正廷沉默了，因為他真的不知道自己面臨這樣的情況，會不會同意做精神鑑定，而且在結果出來以後，直接給予不起訴處分。因為他要面對的問題，不只是法律、長官，還有社會上的輿論，用另一句深奧的話來說，叫做「不符合人民的法感情」。

他只能對臺上的那位學弟苦笑，然後回答他：「你自己決定吧！我們到法官前面再討論好了。」

走出偵查庭，他心神不寧的坐在外面的椅子上。看來這是一件可以主張精神抗辯的案子，但如果真正適用精神抗辯，也是同樣會引起軒然大波的案子。而且對於接下來的羈押庭，他也充滿了無力感，因為結局已經確定，那麼律師出庭到底有什麼意義？背書嗎？

有個短髮的女生靠過來他身邊，神祕的問他：「白律師，你知道凶手的背景嗎？」

他嫌惡的看了這個人，畢竟攝影機雖然不能進來二樓偵查庭，但是記者要以個人身分上樓，一般而言，法警也不會阻止。但是他很不喜歡在工作的過程中，被記者打擾，特別是在這樣的情況下。

「對不起，我無可奉告。」白正廷不耐煩的說。

「不好意思，我先自我介紹一下，我是獨立調查記者，敝姓蔡，曾經在水果日報任職，現在已經離開那間媒體，那時候曾經採訪過在您擔任檢察官時經手的林翊晴殺人案，你應該可以相信我的採訪品質。」她自信的對白正廷說，然後把自己的名片交給他。「我不是那種挖人隱私、造謠生事的記者。」

白正廷記得她，她曾經找過夏青，在發掘各種疑點後，試圖找出事件的真相。

「所以呢？」即便如此，他還是很冷漠。

「身為鄭騰慶的辯護人，你對於他了解多少？」蔡雨倫單刀直入的詢問白正廷。

「就算我知道，也不會告訴妳。」白正廷給了她更直接的回答。但立刻遭到蔡雨倫反擊：「你是不知道，而不是不願意告訴我吧？」

她的搶白讓白正廷有些下不了臺，臉色自然更不好看，不過他立刻恢復正常，冷冷的回應她：「這不關妳的事。」

「身為他的辯護人，難道你對於他的行為不好奇嗎？他行凶的時候穿著正式，看起來一點也不像是社會『定義』下的精神病患。有個警察還告訴我，他在應訊的時候一本正經的胡說八道，這也應該不是一般隨機殺人的精神病患會說的話吧？」蔡雨倫顯然沒有要放過白正廷的意思。

「好吧！妳到底想幹麼？」白正廷總算被她的話所吸引，因為他確實對於這些事情一無所知，而且這個神祕的記者對於鄭騰慶的隱私，似乎知道的比他要多。

「在我們知道鄭騰慶就是凶手以後，我立刻透過先前報社的『管道』去了解他的背景。他父親很早就過世了，是由媽媽把他養大的。大學畢業以後，原本在一家上市公司工作，薪水也不錯，但是在一年前突然把工作辭掉，在一個宗教團體水月基金會擔任義工。他老家在石門，住址就在區公所附近，現在只有媽媽住在那裡，他一個人住在士林。我知道的資料大概就是這樣了。」蔡雨倫低聲的說，然後把記載著鄭騰慶老家與現在住所的住址字條順手交給他。

白正廷默不作聲，細細的咀嚼蔡雨倫告訴他的訊息。從她提供的資料可以發現，鄭騰慶是典型的中產階級，有不錯的教育與工作，也難怪他的表現不同於其他殺人犯。如果不知道他犯下的殘忍罪行，在路上看到，誰也不會多注意他一眼，更別說他的談吐還頗有深度，甚至可以一本正經的回答檢察官問題，根本就不像是一個殺人犯。但是為什麼他現在看起來瘋瘋癲癲的，究竟是什麼樣的原因刺激他有這樣的行為？

「昨天我已經到過鄭騰慶的家中，發現他其實與水月基金會有密切的關係，這個宗教團體很有意思，在信徒的眼裡，他們的領袖幾乎就是神，她也不避諱自稱是接近神的人。」蔡雨倫把這個宗教團體的傳單給拿給他。

白正廷皺著眉頭，這個宗教團體確實吸引了許多民眾參加，也名氣甚大。他們的領袖主張自己是「活佛」，號稱師父，也就是為師為父。強調自己會分身、會降福，也公然接受信徒膜拜。過去他對於這樣的宗教團體向來沒有好感，畢竟自稱為神者，往往就是庸俗且自大的人而已，至於神蹟，那就更不用說了。假造神蹟者，比比皆是。

雖然白正廷沒有說話，就這麼聽著蔡雨倫繼續說，但是腦海裡卻不斷的在想，這件事情與宗教究竟有什麼關係。他隨口回應說：「那麼妳又怎麼知道被告與這個宗教團體有關？」

「我剛剛有提到過，案發以後，我就已經透過一些小手段查到了鄭騰慶的住址。」蔡雨倫停頓了一下，因為他看到白正廷很不以為然，還悶哼了一聲。「沒辦法，獨立記者要搶獨家，原本就沒這麼容易。到了他家以後，我看到幾個人在他家進進出出，似乎是在搬文件與神像，我故意裝作要上樓，撞倒了其中一個指揮的人，順便把他身上的名片拿到手。」

他沒多想這是不是竊盜罪，只是反問蔡雨倫：「名片的內容是什麼？」

「你可以看看。」蔡雨倫把「借」來的名片交給白正廷。從名片可以看得出來，這個人確實是屬於「財團法人水月基金會」，名字是魏信平。從名片的頭銜來看，層級還頗高，是基金會的榮譽董事與執行長。「我在想，他們湮滅證據的動機應該很強烈，否則不會在第一時間就趕著要做這件事。」

「我會留意的。」白正廷冷漠的說，然後把名片交還給蔡雨倫。「還有什麼事嗎？沒事的話，我要去閱卷了，等等還要開羈押庭。」

蔡雨倫抱歉的笑了一下：「好的，那我不打擾你了。但是請不要誤會，我並沒有要打探什麼消息，我也知道，你不是那種會跟記者談論當事人祕密的人。但是我想跟你交換條件，如果你知道任何事情，請你跟我說，我也會把我知道的訊息告訴你，如何？」

白正廷對於這樣的提議有些意外，這是他過去在當檢察官與律師的時候，都不曾遇到的情況。

蔡雨倫站起身來：「你知道的事情不會有我多。如果你要他無罪，或者是你希望查出真相，如果沒有我的幫忙，你是做不到的。」

聽到這句話，白正廷挑起了眉頭，不可思議的看著她。「喔！是嗎？」

「就像是檢察官一定會聲請羈押，法官一定會准，不是嗎？」蔡雨倫似笑非笑的看著他。

「要不要隨便你，但是之後，如果你沒有新的訊息給我，我也不會再跟你透露任何事情。」

「妳要什麼？」白正廷問。

「我要出書，而我會成名，找出司法找不到的東西。」蔡雨倫立刻回答。

「妳要出書？」白正廷有些訝異。

「這個新聞，可以讓我找出真相、一戰成名。你是被告的律師，可以讓我拼湊出更多的事實。而我，或許可以讓被告無罪。如何？」蔡雨倫挑戰式的對白正廷喊話。

白正廷沉默以對，揮揮手要她離開。他對於蔡雨倫想要出書或是成名，一點意見也沒有，這年頭誰不想成名五分鐘？但是他一直在反覆咀嚼她那句話，記者可以「找出司法找不到的東西」，那東西，究竟是什麼？

他沒有時間想太多，只能迅速趕到閱卷室，將關於被告羈押的相關證物影印出來。但是從扣案的字跡潦草紙張看來只是佛經的經文，還有被告堅持沒有犯罪的筆錄，整份資料裡果然沒有太多可供參考的訊息，在兩個小時以後，法官迅速的召開了羈押庭，而且當庭羈押這位被告，一切就如同所有人預料的結果。

CHAPTER

03

如煙

張品祥與蕭淑惠，原本是一對很平凡的夫妻，但是這對夫妻，因為孩子突然的意外，成為全國注目的焦點。為了這件事，張品祥向公司請了長假，準備好好的來處理這些官司，不只是孩子的，還有他的。他在案發後一星期，就對妻子提出離婚的訴訟。此外，案發當時，蕭淑惠為了抓姦，讓孩子一個人待在公園，因此被殺害，也引起了許多人對於蕭淑惠的不諒解，認為她是不負責任的媽媽。

自從孩子過世以後，蕭淑惠就常常坐在客廳裡發呆，甚至整天都是如此。在婚後，她成為全職的家務管理者，原本以為在孩子長大以後，她就可以重新回到職場工作，但是現在的打擊，已經讓她無以為繼。她確實在懊悔，如果那天不要跟著徵信社去「抓姦」，孩子是不是就可以活下來了？尤其是在「抓姦」這則花邊新聞發酵以後，那種感覺又更強烈了。網路上的留言一面倒，竟然都是譴責她沒有好好照顧小孩。

「難怪先生會外遇，就是個母老虎。」

「不顧小孩，只顧抓姦的女人，真可怕。」

「媽媽的責任去哪裡了？」

蕭淑惠的媽媽打電話來安慰她，請她不要去看這些網路上的留言，即使如此，她還是忍不住一則一則的閱讀，透過這些譴責她的文字，她的心裡會好過一點。在事情發生那天以後，先生就已經不回家了，她有太多的時間可以思念這個孩子，還有反覆咀嚼這個社會對於媽媽的期望與歧視。

那天以後，她就一個人在家，直到一週後，先生才主動回家，丟出一份離婚協議書要她簽名。這份離婚協議書的條件很簡單，就是離婚，雙方放棄夫妻剩餘財產分配請求權。看到這份協議書，她沒有特別的反應，只是把協議書丟到一邊，要先生坐下來談。

「所以你要離婚？」她淡淡的說。

「我們之間已經不可能了，在經過那件事以後，妳覺得還可以繼續嗎？」

「哪件事？」蕭淑惠平淡的反問：「你外遇？還是寶貝過世？」

「都是！」張品祥大吼：「妳有資格當一個媽媽嗎？看看別人都怎麼說妳？」

「那麼你有資格當一個爸爸嗎？」

「又來了。」張品祥不耐煩的說：「對，我不是個好老公，但我是個好爸爸。我這麼辛苦賺錢，還不是為了這個家，但是妳做了什麼？妳每天在家過得爽爽，拿我的錢當貴婦，妳做了什麼？我給妳這麼多錢，妳只會亂花，捐給什麼沒用的宗教團體。」

「我沒有外遇，捐錢也是為了我們家好。」蕭淑惠頓了一下：「而且照顧孩子不應該只是我的責任。你告訴我，媽媽的責任是什麼？」

「我不想跟妳討論這種事情，照顧孩子本來就是媽媽的責任，我從沒見過像妳這種不愛孩子、不管孩子的爛媽媽。」

蕭淑惠的眼神透露了很多的悲哀，但是她搖搖頭，不想跟這個男人爭辯。

「隨便妳。妳不願意簽字，我們就法院見。」張品祥惡狠狠的說，「還有我不相信司法，我會自己找人處理這件事，有人願意幫我幹掉那個神經病。」

「隨便你。你要提告就去，我現在沒有心思想離婚這件事。」蕭淑惠說。

那天以後，他們再也沒有聯繫，她的時間，也停頓在十月的那一天。

＊＊＊＊＊

在網路上發酵的花邊新聞，除了張品祥與蕭淑惠的外遇事件之外，還有另一個令網友咬牙切齒的人，就是黃莉萍。因為在螢幕前面，她永遠是一派冷靜，不僅沒有呼天搶地，而且竟然對外表示，她要的是真相，不是死刑。尤其她臉部上的疤痕，讓許多人以貌取人，網路上以「冷血醜女」辱罵她的言語層出不窮。對於某些強調母愛的人來說，這樣的媽媽，簡直是無法想像的悖逆。因此開始有人去挖掘這個媽媽的過去，甚至找到了這個孩子的生父，因為在新聞大幅報導後，他竟然出來在臉書上開了直播。而他究竟是主動，還是被動在臉書上直播，已經沒有人知道。但是生父在鏡頭前面，卻看來一點也不生疏，他侃侃而談跟黃莉萍認識的經過，還有她懷孕以後不告而別，對他的傷害有多大。關於小孩的死，他指責媽媽把小孩帶走以後，拒絕他的探視，也不讓孩子認祖歸宗，跟爸爸同姓。媽媽冷血的個性，造就了孩子這次的悲劇，他聲淚俱下的認為，媽媽對於這件事應該要負完全的責任云云。

最「特別」的是，孩子的生父說了這樣一段話：

「大家都知道，黃莉萍的臉上有一個被燒燙的疤痕，我跟她在一起，是愛上她的內心，而不是她的外表。懷孕以後，我想跟她結婚，她竟然拒絕！可是除了我以外，還有誰能愛她？沒想到她竟然這麼冷血，早知道我就把孩子帶在身邊，絕對不會讓她帶走。」

這場直播，就像是炸鍋一樣，觀看人數迅速飆升，同時在線的人數竟然超過一萬人，而且憤怒、拇指與愛心的符號表情不斷出現，留言則是一面倒的譴責媽媽。直播結束後，社會上原本對於媽媽冷靜的態度就有所不滿的群眾，在網路上更加憤怒。包括自稱黃莉萍的小學同學、國中朋友、高中老師、從小一起長大的匿名鄰居，都紛紛在PTT、Dcard等著名的社群網站上抒發己見，評論對這個媽媽的冷血不屑與「早就知道她就是這種人」。夏青在看到電視上的記者會以後，立刻打電話給黃莉萍，希望她可以冷靜，不要受到這些輿論的影響。

「妳要沉住氣，我知道他在直播裡說的話，都不是事實。」夏青急著安撫她。

「不用急著安慰我啊！」黃莉萍反過來對夏青說：「他所說的話，有一部分確實是事實啊！我臉上確實有疤，而且很明顯；我懷孕以後決定離開他，我也不讓他跟孩子接觸，這都是事實，我沒必要否認。」

「妳願意說說這一段過去嗎？」夏青問。她開始覺得這個媽媽很奇特，黃莉萍對於孩子過世，很冷靜；對於孩子生父的攻擊，很淡然。她想多跟黃莉萍聊聊，或許可以更了解這個媽媽的心思。

「也沒什麼，他在知道我懷孕以後，要求我要拿掉。當我拒絕以後，他就對我拳打腳踢，有一次還拉住我的頭髮，直接在地上拖行，這就是我為什麼現在只願意留短髮的原因。」黃莉萍平靜的說，彷彿說的是別人的故事。「所以在小孩出生以後，我跟孩子一起生活，再怎麼苦，我也不願意讓孩子跟他接觸。你們律師跟法官的說法，這叫做非友善父母？你們都會說，孩子是無辜的，應該同時享有爸媽的愛，對吧？」

夏青覺得無奈，但是也只能點頭，即使她看不到。

「但是為什麼雙親一定比單親好？一個會家暴媽媽的爸爸，為什麼就有可能是好爸爸？小孩如果不要這種愛，為什麼我得要強迫她去看爸爸？」黃莉萍的情緒突然有點激動起來。「是不是事實，已經不重要了！他們要看的是笑話，而不是真話。妳以為他們真的在乎我有沒有冷血、是不是高傲、支不支持廢死、愛不愛我的孩子？不，他們只在乎看笑話。因為我這種表現讓他們驚呆了，不符合他們對於喪子媽媽的期待。他們根本不知道我經歷過什麼！」

「他們根本不知道妳經歷過什麼？」夏青對於最後一句話有些訝異。

「沒事。我說多了。」黃莉萍很快的把剛剛突然出現的情緒回收，彷彿沒事般的接續剛剛的話題：「他們希望我呼天搶地、嚴懲兇手，最好在螢幕上大哭特哭，對於自己的孩子很哀傷，對於精神病患很憤怒，還要表達對於政府的失望，希望死刑趕快用在那個人身上。我沒有這麼做，所以我是壞女人，也是巫女。」

「那麼孩子的爸爸為什麼要出面指控妳這些事情呢？」夏青問。

「因為我不符合他對女人的期望。」這句話很含蓄，卻也很到位。「可是律師，妳覺得我是冷血的媽媽嗎？」

「我不知道，或許妳在別人看不到的地方哭泣，甚至妳沒有哭泣，但是妳的心永遠不會好了。」夏青說。「妳只是對外表現得很冷靜而已，但是就像妳說的，這樣並不符合這個社會對一個媽媽的期望。」

「所以妳覺得我應該回應嗎？」黃莉萍問。

「不用，當然不用。」夏青肯定的說：「就讓流言傳來傳去吧！」她沒有看到的是，黃莉萍在掛上電話以後，把桌上的美工刀拿起來，往自己的手心上劃了一刀，讓鮮血就這麼流出來。她沒有任何表情，只是仔細的、安靜的，劃上那一刀。

＊＊＊＊＊＊

輿論攻擊的，不只是蕭淑惠與黃莉萍，還有一個壞女人，就是鄭騰慶的媽媽。事實上，在事情發生以後幾天內，媒體就已經查到鄭騰慶的家庭背景與生長環境。他沒有兄弟姊妹，只有媽媽還在，爸爸在他出生沒多久就已經過世。媽媽已經六十餘歲，以資源回收為業，但是收入微薄，現在只能靠社會福利過活，就住在新北市的偏遠鄉鎮裡。這件事情發生以後，媒體先去採訪鄰居，但是問不出太多資訊。鄭騰慶平常深居簡出，不太與鄰居打交道，但是有不願意具名的鄰居透露，案發當天晚上，有一群人不斷的出入鄭騰慶的住處，而且搬走了不少東西。至於是誰，或搬走了什麼，目擊者也說不出來。

鄭母的家沒有電視與網路，她應該不知道究竟發生什麼事。但是從第二天開始，她原本平靜的生活就被打破了，不是因為她養了殺人凶手，而是警方透露，在凶案發生的前一天，鄭母曾經到過兒子的住處，媒體紛紛揣測，鄭母或許也沉迷於宗教，與鄭騰慶共謀殺害了這兩個孩子。在兒子被收押禁見的情況下，所有媒體各顯神通，都希望可以獨家採訪到鄭母。但是住家的大門緊閉，就像是人間蒸發一樣，再也沒人看過她。從鄰居的口中得知，在當天晚上，鄭母被幾個不認識的人帶走，至於帶去哪裡，沒有人知道。

＊＊＊＊＊＊

在台北市的信義計畫區中，有一棟大樓叫做「水月濟世大樓」，樓高十八層，產權都是由財團法人水月基金會所有。水月基金會雖然號稱弘揚佛教，但是究竟是佛教中的何種信仰系統並不明確。如果從傳教的內容來看，接近佛教中的禪宗，更精確一點說，就是南宗系統中的臨濟宗。中國南宋時期的禪師無學祖元，東渡到日本後，成為圓覺寺初代的開山祖師，據說教主曾經在圓覺寺修行一段很長的時間。不過，或許因為水月會的教主是女性，水月會的精神領袖卻不是無學祖元，而是他的弟子，也就是比丘尼千代野。水月會崛起的時間很短，但是因為教義簡明易懂，強調個人修行與領袖賜福，所以很快就席捲了政治、商業與演藝界，許多名人都拜倒在這個教派之下，宗教獻金自然來得也多，很快就有龐大的資金可以購買商業區的大樓。

不過，水月會也不是只有吸收高階層人士而已，而是廣泛的對一般民眾招攬入會。如果是一般民眾，可以捐款「供養師父」，金額不拘，而且每個月只要繳交三百元的場地費，在教眾介紹以後，就可以在大樓內的靈修室裡靜坐修行。不過，這只是外圍而已，如果要獲得師父的一對一指導，必須在入教一年後，捐獻超過一定的金額，才能在師父修行之餘，獲得親自垂青與指點。在幾年內，水月會竟然已經成為許多政商名流競逐加入的組織。不僅如此，水月會也開始與銀行合作發行認同卡。信眾只要消費，就會捐贈百分之零點三的金額到水月會的帳戶內「做好事」。在信徒的踴躍支持下，不論是人脈與財富，水月會都已經有相當的規模。有趣的是，雖然在現實生活中的滲透力很強大，但在網路上，他們卻是毀多於譽，許多人都會嘲笑水月會是斂財邪教。

當蔡雨倫知道水月會竟然在殺人案當晚即派人到鄭騰慶的家裡後，她透過幾個朋友的輾轉介紹，總算有機會可以進入這棟大樓。但是這幾天的門禁突然變得森嚴，她只能在靈修室接觸所謂的師兄與師姐，他們非常熱情的招呼她，也希望她能夠多了解基金會的工作，也就是先由這些師兄姐開門授課，他們用了一個很好聽的名詞，叫做「登堂入室」。蔡雨倫必須先從入門弟子開始，從各種禪宗經典去理解「宇宙的運行與規範」。她昏昏欲睡的聆聽這些口才很好的「師兄師姐」輪番上陣的講經論道。她才發現，這些人所聊的內容，竟然可以融合佛教中不同經典的粗淺教義。師兄姐要求所有人以兄弟姊妹相稱，師父有大神通，也是大家的真父母，會賜福給他們，而且會在未來帶領他們進入天堂。

現場的氣氛十分熱絡，進去靈修室時，必須先對千代野的畫像膜拜，才能開始修行。只可惜因為手機在進場時就被沒收，而且經過詳細的搜身，所以無法錄音、錄影。現場師兄與師姐帶著大家呼喊口號，當場竟然有信徒不自覺的抖動，並且發出無意識的聲音。這場靈修會，不會讓信眾有任何思考與休息的時間，只是不斷的有信徒上臺見證，傳述師父給予他們的一切。

「我的大哥被診斷出肺腺癌四期，原本已經奄奄一息，而且醫生也告訴他，應該要準備進入安寧病房了，但是在師父見過他一面，而且在他頭上加持以後，他竟然奇蹟似的復原，現在已經可以出院。」有個矮胖的婦人這麼說。

現場響起一片讚嘆聲。

「我的經驗比較不一樣。上星期有供應商原本已經要對我提告，經過我不斷的向師父阿爸禱告以後，供應商竟然不告了，而且在前幾天給我新的訂單。」另一個看起來殷實的商人這麼說。當然現場又響起了另一片讚嘆師父的聲音。

蔡雨倫不知道這些所謂的「見證」究竟是真是假，但是她對於現場一片熱烈的氣氛感到不寒而慄。現場所有人都在這樣的氣氛中如痴如醉，而且對於師父的讚嘆無以復加，流下眼淚甚至痛哭失聲者，則是多有人在。不知為何，在蔡雨倫的心裡有這樣的聲音出現：「如果師父要他們殉教，他們應該也會照做吧？」

這樣高張的情緒持續了兩個小時後，一個又一個的見證人不斷上場，還不時傳來啜泣聲與打嗝附身的聲音。正當蔡雨倫覺得厭煩，想要離開現場時，司儀突然激動的叫喊：「師父他老人家來看我們了。」只見一個頭髮全白，氣質優雅的中年女子，在一群緊身旗袍的女子簇擁下，走上金碧輝煌的講臺。蔡雨倫因為是剛入門的門生，只能遠遠的望著她，但仍然被她的氣勢所震懾。「我以為師父是男人？」蔡雨倫自言自語的說，但還是被隔壁的門生聽見。

「這位師妹，師父不分雌雄，祂只是形體上是女人，但是祂早就已經超越性別的限制與框架。」這位門生自豪的對蔡雨倫說。關於這點，她沒有繼續再問下去，因為隨著師父走上臺前，現場逐漸安靜下來，或許連一根針掉在地上都會被聽見。

「各位親愛的孩子們，佛祖愛你們。」語音未落，現場就響起一陣歡呼聲。「臺灣現在的政治混亂，經濟一片衰敗，只有仰賴佛祖，還有佛祖的傳人千代野上人，才能淨化這個社會。十年前，我還是一家外商公司的主管，千代野上人託夢給我，要我創立水月會，但是我拒絕，我曾經以為這是怪力亂神，但是上人讓我的頭髮一夜變白。於是我決定把我的餘生奉獻給佛祖。我在日本的圓覺寺得道以後，回來臺灣帶領你們在世間修行。」

現場又是一片歡呼聲，而且還有人因此而昏倒，風紀組立刻把這個人送出場外。

「各位信眾，我們要團結一致，絕不能有出賣我們的叛徒出現。在選擇我們的家人時，要特別注意不要讓有些人混進來。」師父停頓了一下，然後用手指著蔡雨倫的方向，「但是，現在就有新進的叛徒，對我們的宗教事業存著不信任的心態，要來破壞水月會。你們說，該不該把她趕出去？」所有信徒的眼光都往蔡雨倫的方向射來，讓她尷尬不已。她轉過身去，立刻往門口的方向飛奔而去，她匆忙的打開置物櫃以後，迅速的把手提袋取走。有趣的是，警衛並沒有攔下她，似乎對於這種落荒而逃的狀況已經司空見慣。她慌張的穿過三條街，驚魂未定。心裡想著，這個所謂的「師父」果然有些蹊蹺，怎麼會知道她只是來打探消息？

她點起一根菸，有點發抖的大口抽著，手提袋裡的電話竟然響起，是個不認識的號碼。她剛從「敵營」中脫逃出來，面對陌生的電話，她竟然有些膽怯，但既然有來電顯示，她還是鼓起勇氣接通了電話，另一方是男性的聲音，劈頭就問：「妳是蔡小姐嗎？」

「我是水月會的董事魏信平，妳可以查到我的所有公開資料。我知道妳是記者，有些事情想跟妳說，能找個地方跟妳當面談嗎？見面的時候妳應該認得出來，畢竟那天晚上，妳已經看過我。」

蔡雨倫不可置信的想著，怎麼會明知道案發當天晚上已經見過她，竟然還願意跟她見面。況且據她所知，基金會只有七位董事，魏信平已經是水月會裡的高層，不知道為什麼會找上她，更何況，她不是剛剛才被趕出水月會嗎？蔡雨倫的思緒迅速的在腦裡轉換，原本她擔心的是安危，但是想想可以取得更多情報，這個董事也是有名有姓的一號人物，總不會在光天化日之下對她不利。於是他們約好在敦化南路上的一家咖啡店見面。

魏信平是個看起來約莫五十歲上下的中年男子，戴著金邊眼鏡，打扮就像是一般公司的中級主管，跟那天晚上看到的他有些不一樣，但是看得出來是沉穩內斂的人。蔡雨倫一進咖啡店就看到他坐在角落的位子上，對她招手。

「我以前是媒體主管，妳知道吧？」魏信平以銳利的眼神看著她。「入了會以後，我先在南投、臺中擔任護法、資深委員，最後才爬到這個位置上來。」

「我知道，在我來這裡之前，我也做了一些對你的基本調查。號稱師父的接班人、最帥的布施者，也是跟女信徒最多緋聞的真男人是吧？」蔡雨倫晃了一下手機剛剛 google 的資料，語帶諷刺的說。

「我就坦白說了，妳進來基金會之前，我們就已經有妳的個人基本資料，我才會有妳的電話號碼。在妳逃離現場以後，我覺得有些訊息必須得要跟妳交流，所以我才會打這通電話給妳。而且我也知道妳是為了什麼而來的。」魏信平單刀直入的說。

蔡雨倫喝了一口冰咖啡，沒有直接回應，而是問了他一個問題：「你知道為什麼我會被認出來嗎？」

「這並不難。」魏信平笑著說：「我們有一套人臉辨識系統，跟中國官方開發的『天眼』是類似的概念。組織為了避免有記者混入，早就把過去曾經採訪過重大新聞的記者列管，而且輸入系統中。在靈修室裡，妳的人臉特徵已經被掃入系統中比對，所以老闆是知道的。不然老闆當天不會出現在靈修室，她是故意展現給信眾們看，顯示她的『神威』。」

蔡雨倫鬆了一口氣，因為她還以為所謂的師父真有神通，可是另一個疑惑立刻升起。

「你為什麼要告訴我這些事？」

魏信平嘆口氣：「妳不要再追查那件事了，我可以跟妳保證，那對母子雖然是師父的信眾，但是師父並沒有要他做出任何違法的事情。目前發生的所有社會案件，都與基金會無關。」

「喔？」蔡雨倫略帶嘲諷的看著他：「既然沒有關係，那也不需要找我澄清了，不是嗎？況且既然無關，為什麼在案發當天，基金會連夜動員去鄭騰慶的家裡，把所有跟基金會有關的資料搬走？而基金會又為什麼要把鄭騰慶的媽媽帶走？他媽媽現在到底在哪裡？」

「唉。」魏信平的聲音非常真誠：「那只是因為不希望這些事情危害到基金會的生存。過去因為師父的神通，我們已經受到世人許多不公平的眼光與評論。我只能說，基金會奉公守法，所有的一切都只是想讓弘法事業繼續成長而已，不可能要信眾去做傷天害理的事情。」

「成長？」蔡雨倫反駁他：「是賺錢吧！你們光是收下這些信眾的捐獻，就已經買得起信義區的大樓了，不是嗎？」

魏信平輕輕的鼓掌，眼光露出嘉許的意思。「是賺錢，但我們也安撫了很多人心。妳承認民間信仰裡的所有一切，大廟、小廟充斥在臺灣的巷道裡，妳不去揭發所謂的黑幕，卻對我們卻如此嚴苛，只因為我們很會賺錢？這些民間信仰，比我們荒謬的教義更多，如果妳想要揭發宗教黑幕，這些怪力亂神不是更應該被報導嗎？」

「對，我只是不知道臺灣人竟然有這麼多人這麼蠢。」蔡雨倫話鋒一轉：「我不想跟你辯論這些事情，我只想知道，鄭騰慶究竟怎麼了？而鄭騰慶的媽媽現在人在哪裡，媒體報導找不到她，是不是你們帶走的？」

「鄭先生的媽媽現在很好，她是我們基金會的信徒，現在發生事情了，主動請我們幫忙，讓她不會被一般人打擾。至於鄭騰慶，他只是剛好跟媽媽都是信眾而已，我們對於這件事也深表遺憾。」

「深表遺憾？」蔡雨倫大笑：「你們推得一乾二淨，卻又去湮滅證據。幾條人命，就是深表遺憾？」

「我們沒有任何傷害別人的意思。」魏信平又嘆了口氣，用極為真摯的口氣對她說：「我們只是希望妳不要繼續深入報導，這對妳跟我們都不好。」

「如果我堅持要報導呢？那就是傷害你們了，那我會怎樣？」蔡雨倫反脣相譏。

魏信平急忙搖手：「當然不會怎樣，師父本來就是與人為善，怎麼會去傷害誰呢？」

蔡雨倫準備起身離去。「如果沒有什麼特別的事情，那麼我要先走了。」

「蔡小姐，還是請妳謹慎考慮自己的立場，報導是不是會傷害到別人。我跟了師父二十年，她閱讀過很多經典，而且吃了很多苦，才有現在這個地位，就像是我們的祖師母千代野上人一樣。但是妳的報導卻可能很輕易的就把她過去的成就毀於一旦。」魏信平自顧自的說：「妳看不到神蹟，不代表沒有。她的頭髮真的是一夕之間變白的，我自己都曾經聽過千代野上人直接給我啟示，而且也看過師父藉由神力，救治無數的病人，妳不該否定她過去所做的一切。」

「哈哈。」蔡雨倫笑了：「如果你還沒告訴我有臉部偵測系統之前，我可能會相信，但是現在我保持高度的懷疑。而且不用跟我談哀兵政策，你還沒找我之前，對你們的行為我還半信半疑，但是我現在真的確定你們肯定有涉入這件事。請你的師父盡快去自首，不要浪費司法資源。」在說完這些話以後，蔡雨倫怒氣沖沖的站起身來，頭也不回的離去。

但她沒看到的是，對於她的反應，魏信平露出了滿意的笑容。

＊＊＊＊＊＊

在公車上，蔡雨倫一直在想，為什麼魏信平要特地來找她，難道只是因為不要讓事情曝光嗎？但是他們去鄭騰慶家裡取走物品的時間過於敏感，紙包不住火，很快就會被檢警列為調查對象，就算說服她，又有什麼意義？她提早按了鈴下車，決定去找白律師。

到了律師事務所，詢問祕書之後，她才知道白律師正趕去看守所辦理律師接見，因為檢察官通知被告，要在三天後開庭，而且以不合理的速度，要求白律師要為被告提出答辯。蔡雨倫不知道這是什麼意思，但是她可以確定，地檢署處理這件事的態度，與一般重大刑案有相當大的不同。

CHAPTER

04

終於結束的起點

白正廷一大早接到地檢署的通知，竟然要在三天後開庭，讓他覺得非常憤怒，因為他不知道為什麼前幾天才剛由檢察官訊問過被告，隔幾天後又要立刻開庭。不過，他轉念一想，說不定是檢察官決定要將被告移送精神鑑定，待結果出來後再行處理；而且他覺得有必要把蔡雨倫告訴他的消息向檢察官說明，或許會有不一樣的發展。但是在那之前，他希望可以先與被告辦理接見。

所謂的羈押禁見，是在偵查與審理中檢察官聲請，由法官准許的強制處分。一般而言，羈押不必然會要求禁見，如果禁見，大多是因為有串供之虞，所以包括家人、朋友，都不能辦理接見，只有為了討論案情，辯護律師可以聲請會面。白正廷既然是鄭騰慶的辯護人，當然可以去看守所見他。既然已經要開庭，白正廷當然希望可以確認他的精神狀況如何。土城看守所對於羈押禁見的人犯並沒有特別的接見室，而是把這些人犯與一般人犯在座位上有所區隔，白正廷被安排到接見室主管旁邊的位置，等了約莫二十分鐘以後，鄭騰慶被帶到指定的位子。

白正廷看到鄭騰慶的頭上有些傷痕，他覺得非常訝異，心裡的直覺是有人對他動手，於是問他：「一切還好嗎？有沒有人欺負你？」

「沒有。是我自己不小心跌倒的。」鄭騰慶看起來沒什麼精神。「律師，我是無辜的。」

白正廷站起身來，檢查鄭騰慶的傷勢，發現臉頰有明顯的挫傷，頭部也有瘀血的情形。

他覺得這種獄中霸凌不應該被忽視，而且鄭騰慶應該也不敢說，於是他想要主動向現場的法警通報，但鄭騰慶似乎知道他想做什麼，立刻抓住白正廷的手制止他。「你越講，我越會被修理。打過就算了，你不要讓我難做人。」

白正廷有些不平，雖然整個臺灣社會對於鄭騰慶已經到恨不得食其肉、寢其皮的地步，進入監獄裡，那些大哥少不了發揮「正義感」而修理他一頓，但是「私法」正義與「司法」正義之間，難道大家真的相信前者比較可以解決問題？或者其實只是為了讓自己站在道德的制高點上，肆無忌憚的可以去傷害比自己更弱勢的人？他還是決定在律師接見後向獄方反映，不過當下得先解決開庭的問題，因為他不相信鄭騰慶在檢察官面前的說詞。

「你知道你要開庭了嗎？你知道你殺人的行為最重可能會判處死刑嗎？你知道你一直反覆說你沒有殺人，這是沒用的嗎？」白正廷不客氣的連續問了三個問題。「省省吧！你不要把我當檢察官耍，我是你的辯護人，你必須要跟我說實話。」

「你要我說什麼實話？」鄭騰慶一臉茫然的回應：「我能說的實話，就是我真的沒有殺人，他們也沒有死。」。

「沒有死，意思是說，他們還活著？」白正廷有些哭笑不得。「所以你對兩個孩子做的事情，你一點印象也沒有？」

「我讓他們的生命轉化。」鄭騰慶神祕的說：「我寫了一些符咒，但是被警察沒收了。

這些符咒，可以讓人的生命不斷轉化，包括我媽媽。」

「媽媽？」白正廷心中一亮，或許這是個可以打開鄭騰慶心結的缺口，他決定把蔡雨倫跟他提過的「情報」做為誘餌，看看能不能釣出鄭騰慶犯案真正的動機，以及他在犯案當時的精神狀態。

「你大學念的科系是什麼？」白正廷看似不經意的跟他閒聊了起來。

對於白正廷不問他案情，轉而詢問他的個人狀況，鄭騰慶突然愣住，但仍然老實的回答他：「我是電機系畢業，但是也念了哲學輔系。」

「大學畢業以後，你也順利取得一家上市公司的工作機會，怎麼會突然想離職？」白正廷還是像聊天一樣，漫不經心的隨口問問。

「家裡有事。」鄭騰慶就給了這四個字。

「是媽媽的事情？」白正廷試探性的問。

「這件事跟我的案件沒有關係，我不想回答。」鄭騰慶突然語調提高，給了一個充滿防衛性的答案。

白正廷嘆了口氣，他發現這個人肯定是極端的愚蠢或是精明。即使他的輔系是哲學系，這些訓練或許比較容易讓他接近佛學，但這些所謂的「生命轉化」概念也太詭異，如果他不是真的相信這一套鬼東西，就是連律師都要欺瞞，也不願意講出自己的真心話，對於這樣的被告，他想到的方式，就是讓他以為律師知道了所有事情，也是自己人，或許會願意講出真實的狀況。

「其實你什麼也不用告訴我，我已經都知道了。」白正廷把蔡雨倫的情報就這麼順手的賣了出去。「水月會的師父要我來問你，你有沒有出賣師父。她知道你辛苦了，請你一定要堅持下去。」

「師父。嗯，師父是好人，我相信師父的話。」鄭騰慶聽到「水月會的師父」，身體突然震動了一下，隨即恢復正常。

「你相信師父的話，所以是師父要你做這些事情的嗎？」白正廷小心翼翼的問，連殺人二字都不敢提，只能說「這些事情」。

「你煩不煩？」鄭騰慶開始有些生氣，「我已經說過了，我讓他們的生命轉化，但是他們沒死。而且師父沒有叫我做任何事情，你懂嗎？」

現在白正廷已經無法肯定，被告到底是精明過人還是愚蠢無比了，辯護策略似乎還是只能採取精神抗辯而已。但是他靈機一動，再把他的母親抬出來，直接告訴他「媽媽已經失蹤」的消息。

「你知道嗎？你媽媽被帶走了。你知道是被誰帶走的嗎？」白正廷裝作不經意的說。

鄭騰慶臉上的表情有那麼一剎那的驚訝，看得出來他很在意媽媽。

「我媽什麼都不知道。她也是好人，師父很喜歡她。」他淡淡的說。似乎失蹤的母親跟他毫無關係，原本的那一絲驚慌立刻消失。「她應該沒有失蹤，只是不想被打擾而已。」

鄭騰慶對於這個問題的反應，讓白正廷有些不自在，因為長年擔任檢察官的直覺，明明就是殺人，他卻可以從頭到尾都堅持「生命轉化」這種鬼東西，只要談到媽媽與師父，他就是情緒失控、言詞閃爍、語帶玄機。

「所以你知道是誰帶走她的？是師父『邀請』她嗎？」白正廷追問，特別在「邀請」兩個字上加重語氣。

鄭騰慶閉上眼睛，喃喃自語的說：「我不知道。但是不論是誰帶走她，她都不會有事的。」

這個問題看來並沒有打動被告，他只好盡最後的努力問鄭騰慶：「三天後就要開庭，你有什麼希望檢察官調查的證據嗎？」

「沒有。這就是生命轉化，他們沒死。如果要我死，那就判我死刑也無所謂。」鄭騰慶自在的說，還順便伸了懶腰，打了哈欠。

原本只是單純的精神抗辯，但是從鄭騰慶的對談內容中，白正廷越來越覺得這件事的謎團不是這麼容易就能解答。他知道已經問不到任何事情，於是跟接見室的主管示意，準備離開看守所，同時將被告還押。

鄭騰慶坐在位子上，微笑著對白正廷說：「你要相信我，佛祖的話不會錯。」白正廷看了他一眼，只說：「我會找出真相的，但答案絕對不會是佛祖。佛祖不會同意殺人這種事。」

離開看守所，白正廷看了一下時間，今天已經沒有其他的庭期與會議，但律師接見結束的時間卻比預期的要早，他決定到鄭騰慶的老家去看看，從土城看守所到新北市石門，開車大約要一個半小時，反正時間還早，就算沒有收穫，最近被這個案件搞得心煩意亂，當做散心也好。他摸了一下口袋裡蔡雨倫給他的字條，開啟並設定導航地圖後，往石門區公所的方向前進。

到了石門區公所，把車停好後，他發現還是很難找，因為字條裡的住址，竟然漏掉巷弄，所以怎麼找都在繞圈子。天氣有些炎熱，他決定先找一家雜貨店，問問老闆相關的訊息，畢竟這個案件很轟動，或許可以問出一些蛛絲馬跡。那天並不是假日，沒什麼遊客，老闆無精打采的看著電視，眼神有些空洞，看到白正廷，只是簡單的問候：「請問有要買什麼嗎？」

「我想請問一下，有一位鄭媽媽，也就是最近一件凶殺案的疑犯母親，是不是住在這附近？」白正廷問。

那個人聽到白正廷的問話，神情立即警戒起來，並從旁邊拿起掃帚，對白正廷的態度突然從冷淡轉變為不友善。「我們這裡沒有什麼正媽媽、負媽媽，你是記者喔？又想要來打探什麼消息？我們這裡不歡迎你這種人。你們記者喔，就是唯恐天下不亂啦！每天寫一些垃圾，就只是為了收視率而已。」

白正廷被他的連環指責逼得有些不知所措，只能連忙搖搖手說：「我不是記者，你搞錯了。我是鄭先生的律師。」

那個人聽到白正廷表露自己的身分以後，半信半疑的把掃帚放下來，以質疑的口吻詢問白正廷：「你是那個幫助阿慶的律師？」

白正廷聽到「阿慶」兩個字，就知道找對人了。至少在這個鄰里氣息濃厚的小鎮裡，應該可以知道一些事情，他連忙點頭並且出示律師證給老闆看。老闆拿著律師證，翻來覆去的看了好一陣子，再把律師證還給白正廷，熱情的對他說：「既然你是幫助阿慶的人，我把鄰居都找過來講給你聽，他們家的人，真的是不錯，我不相信阿慶會做出這樣的事情來，哪有可能！」

老闆轉進櫃臺後面，打開智慧型手機，用一根手指頭慢慢的打字。白正廷斜眼偷看了一下，似乎是在群組發送訊息。老闆抬起頭來對他得意的說：「這是我們這個里的群組，我跟他們說，有要幫阿慶申冤的人就來這裡，他的律師已經到了，等一下你就會看到我們里民的熱情了。」

白正廷對於這個誤打誤撞的意外收穫覺得太不可思議，但也發現這裡的人非常團結，而且是同情鄭騰慶的人居多，說不定真的可以知道一些有利於辯護的事實。沒多久，果然有一群鄰居，三三兩兩的走到店門口，他們彼此熱情的打招呼，對於白正廷也好奇的打量著，大概沒看過穿西裝的律師會到這樣的小雜貨店裡辦案。老闆把他們招呼到大樹下，大約十來人，分別坐在幾張座椅上，七嘴八舌的聊著鄭騰慶的事情。白正廷這才知道，原來鄭騰慶是當地非常有名的孝子。

「律師，我跟你說啦！阿慶從小就在這裡長大，我們對他很了解，以他這麼孝順的人來說，是不可能做出這樣殘忍的事情的。」一個白頭髮的男子這麼說。

「為什麼？」白正廷聽了有些啼笑皆非。「孝順跟殺人哪有什麼關係？」

「你不懂啦！從小他爸爸就過身了，都是伊老母阿桃一手帶大的。小時候阿慶發高燒，這裡也沒有什麼大醫院，阿桃在土地公廟前面跪了好幾晚，才把人救回來。阿慶每天回家都會幫忙她做資源回收，也不會亂跑。阿桃這個人是學佛的人，對朋友很好，對鄰居很照顧，阿慶跟著他媽媽，也很有禮貌，對我們這些阿叔阿伯見了面都會打招呼，怎麼會是殺人凶手？」另一個中年男子搶著說。

「所以他們母子的感情非常好？」白正廷似乎抓到了點頭緒，或許他的犯案動機跟媽媽有關。

「當然囉！他們母子相依為命，阿桃為了把這個孩子養大，不知道花了多少力氣。我看電視有一句話是這樣說的：『我花二十年把這個孩子養大，不是為了要讓他變成殺人犯』，咁不是這樣？」老闆插了嘴，還懂得引用電視劇的名言。

「但是阿慶去臺北念書以後，跟媽媽應該就沒這麼好了吧？」白正廷問。

「一樣很好！阿慶每週六都會從大學宿舍回這裡，即使去大公司吃人家頭路也是一樣，都會帶很多好吃的回來，伊阿母都會跟我們炫耀，我們也覺得很歡喜啊！我就住在他們厝邊，這些事情我很清楚。」剛剛那個中年男子接著說。

「你們知道阿桃學佛，是在哪邊修行嗎？」白正廷問。

「聽說是臺北一間很有名的道場，這兩年來，阿慶都會載她去臺北修行。但是她這一陣子身體比較不好，才沒有去，在家裡靜養。」白頭髮的男子又補充：「他們母子對這個很信，聽說師父會幫他媽媽治病，我看也沒什麼效果，不知道到底是怎樣。但是阿慶這兩年信這個以後，就常常嘴巴上講一些轉世的事情，我們鄰居也聽不太懂。」

白正廷眼睛一亮，看來這次到這裡來還是有些收穫的，至少他可以確定鄭騰慶跟他母親的感情非常好，會為了媽媽做出任何的事情。而且他篤信水月會的師父，還有轉世的觀念，似乎是他已經根深蒂固的思想。他確實不是為了脫罪才會說出那些不合情理的話，或許他真的相信，透過所謂的「轉世」方法，可以達到某些目的。

「律師，你一定要幫忙阿慶，他是無辜的。」最後村民們異口同聲的拜託白正廷。白正廷點點頭，答應他們會盡力。

＊＊＊＊＊

三天後，懷著忐忑不安的心情，白正廷一大早就到士林地方檢察署，由法警引導到偵查庭外等候。地檢署外的媒體越發增加，不只是因為鄭母從人間蒸發，案發當天有一些不明人士到鄭騰慶的家裡搬動物品的消息也不脛而走，每家媒體都想詢問白正廷，是否知道這些事，被告的反應又是如何？

面對沸沸揚揚的媒體在地檢署外守候，白正廷鐵青著臉，一言不發的走進地檢署。他之所以臉色不好看，不是因為岳父大發雷霆，大罵他自毀前程，而是媒體追問的問題，他通通都不知道答案。他只希望檢察官在今天可以同意進行精神鑑定，讓被告可以順利在四個月內從看守所出來。但他自己知道機會不大，因為岳父在電話裡大罵他的時候，還是心軟的透露給他一些訊息，高層不會讓這個案子在地檢署就結束的。

白正廷心裡也很清楚，就這樣一個重大矚目案件來說，地方檢察署如果就以精神鑑定認定被告有精神障礙為理由，直接為不起訴處分，肯定是把蜂窩往自己身上攬，未來所有的社會輿論與壓力，都會直接施壓給地檢署。他當然知道這些人的想法，只是經過這幾天，他對於被告究竟是不是在行凶時心神喪失，越來越不確定。

「被告姓名年籍與先前一樣？」檢察官問，然後面無表情的宣讀被告的權利。「你可以保持沉默，無需違背自己意思而為陳述，可以選任辯護人，可以請求調查對你有力的證據，以上是你的權利，清楚嗎？」

被告動了動嘴脣，但沒有反應，白正廷立刻向檢察官表示，這名被告疑似有精神障礙，請檢察官能移送被告進行精神鑑定。

「不會吧！白大律師，我看這位被告的精神狀態似乎相當正常。他先前還參加了許多宗教活動，穿著談吐各方面都很正常，怎麼會到了這裡就變成這樣？」檢察官反脣相譏，氣氛有些尷尬。

「檢座，從警詢與偵查筆錄中都可以看得出來，被告的精神狀態並不正常，並且認為殺害幼童的犯行並非剝奪生命，而是所謂的『生命轉化』，這應該已經有精神鑑定的必要性。」白律師停頓了一下。「當然，我不是主張被告一定有精神障礙，但是如果有可能性，有利不利應一併注意，這不是檢察官應該盡的義務嗎？」

檢察官很不高興，刻意加重語氣，「大律師，這些事不用你教我。」

「所以請問檢座，您今天找我們來，究竟想要做什麼？」白正廷也不客氣起來。

「大律師，偵查時律師只有在場權，而不是辯護權，你應該知道吧？」檢察官反問白正廷。「現在開始，我沒有問你話，請你不要自作主張回答。」

白正廷想要發作，但是忍了下來。

「被告，針對你於二〇七年十月十五日下午三點許，在台北市士林區的幸福公園，持刀殺害一名男童；並且於同日下午四點許，在台北市士林區幸福路口，再度持刀殺害另一名女童，你是否認罪？」檢察官問。

「我沒有殺人，這是一種生命轉化的過程。」鄭騰慶堅定的回答。

「你為何堅稱你是在救人，而不是殺人？難道你在行為時，不知道把刀子插進人的心臟，以及把人的咽喉割斷，會導致死亡的結果嗎？」檢察官有些不耐煩，覺得被告根本在狡辯。

「這是一種生命轉化的過程，不是殺人。」鄭騰慶只是反覆的說。

「你要做這樣的答辯，我也是尊重啦。可惜在一般人的認知裡，這就是殺人。」檢察官反脣相譏。

「檢座，你剛剛說，一般人的認知就是如此，可見這位被告的想法確實與一般人不同。」白正廷忍不住回應。

「白大律師，我沒有准你說話。」檢察官有些怒氣：「被告，你不願意認罪也可以，但是我想繼續問你，誰要你做這件事的？」

鄭騰慶的反應突然變得很激烈：「就是我自己，跟其他人都沒有關係。」

檢察官整理了一下情緒，然後繼續問：「所以你是否參加過水月會的宗教活動？」

鄭騰慶低下頭，什麼都不說。

「你媽已經被帶走了，你知道嗎？我們正在找她，而且我們擔心她已經被滅口了。所以如果你知道她在哪裡，請告訴我們。」檢察官把聲音放得更輕柔，希望他能主動說明這一切。

「我知道她一切都很好。」隔了幾分鐘的沉默，鄭騰慶只說了這句話。

檢察官看起來很無奈，只好對著白正廷說：「白大律師，對於被告所言，你有什麼意見？」

白正廷站起身來。「辯護人希望檢座能將被告移送精神鑑定，做為將來論罪科刑的參考依據。另外，請檢座能否考慮向院方聲請搜索票，搜索水月會在信義路的總部，辯護人懷疑水月會的幹部就是教唆本件殺人犯行的共犯。」

「目前為止，被告的答辯雖然不合理，但是看來就是狡辯而已，與精神鑑定似乎沒什麼關係。這是社會矚目案件，越快結案，對於安定社會將更有幫助。另外，關於搜索水月會，你總不能因為被告曾經參加他們的宗教活動，就認為有理由聲請搜索票，現在院方對於聲請搜索票的要件非常嚴格。況且搜索水月會，你知道涉及的層面有多廣嗎？」檢察官無奈的對他說。

「根據辯護人所獲得的訊息，水月會的信徒在當天晚上就到被告家中，把可能涉案的證據全部帶走。另外，被告的媽媽也已經失蹤，這些都不能構成理由嗎？」白正廷對於檢察官不願意移送這件事，似乎已經了然於胸，但他仍然對於檢方不願意搜索而感到好奇。

「我們查過了沿路的監視攝影器，載走鄭媽媽的車輛車牌早就報廢，而且後來整臺車被遺棄在石門海邊，除了鄭媽媽的指紋之外，車上沒有採集到任何生物跡證。」檢察官說：「至於你說，當天晚上有人去過鄭騰慶的家中取走了一些東西，可是警方調閱了那條巷道的監視攝影器，那臺攝影器就是壞的，你要我如何向法官聲請搜索票？」

聽完這些話，白正廷像是洩了氣的皮球，他說：「無論如何，還是請檢察官考慮將被告移送精神鑑定。」

「今天就問到這裡。」檢察官沒有直接回答白正廷的問題：「被告既然犯行明確，我們就不再繼續問了，本件先候核辦，被告還押。」法警立刻過來對鄭騰慶上手銬，並且把他帶去樓下的拘留所。

白正廷走出偵查庭，竟然看到夏青與黃莉萍就在偵查庭外等候。

「換妳們進去了？」白正廷看著夏青說。

「對啊，在你之後。」夏青說：「可能要結案了。」

白正廷似乎想說些什麼，但還是硬生生的吞了下去，因為他覺得現在說什麼似乎都不適當。但是其實他想問的是：「妳真的希望就這麼結案嗎？」法警示意要她們進去偵查庭。但白正廷還是忍不住，問了黃莉萍這句話。

黃莉萍轉過頭去，對著白正廷說：「你是被告的律師，請你告訴我，究竟是怎麼回事。我想要知道，我的孩子究竟是為什麼而死。」

白正廷苦笑：「我就是不知道。而且隨著越來越深入了解案情，更讓我覺得詭異。」

黃莉萍沒有再說什麼，直接與夏青進入了偵查庭。

檢察官先確認了黃莉萍的年籍資料，要她具結當證人，把當天的情況說了一遍，也拿了幾個人的照片給黃莉萍，進行人別確認，擔保當天殺害孩子的人就是鄭騰慶。因為黃莉萍非常冷靜，有條不紊的敘述過程，沒有哭喊、沒有多餘的說明，所以整個過程非常迅速，約莫就是三十分鐘而已。

最後檢察官問了黃莉萍：「被告的辯護人請求做精神鑑定，請問妳們對於被告的請求有什麼意見？」

「我們認為沒有必要。」夏青代替黃莉萍回答：「被告在行為時應該可以充分認知到這是殺人的行為，並沒有精神鑑定的必要性。」

黃莉萍想了一下，然後又對檢察官說：「但如果這對於查明真相有幫助，那麼我當然覺得應該做。然而做與不做，會有什麼差別？」

「如果做出來的結果，被告當時辨別是非的能力顯著下降的情況，就會是減刑要件。若是被告當時不只是辨識能力顯著下降，已經達到沒有責任能力的程度，甚至應該要不起訴。」檢察官耐心的回答黃莉萍：「所以如果我們為被告聲請精神鑑定，妳們可以接受嗎？剛剛我已經先詢問過蕭淑惠，她今天不方便來開庭，但是她告訴我，不希望有任何讓鄭騰慶無罪的機會。」

夏青知道，檢察官在暗示黃莉萍，希望她也能贊同檢方的看法。基於她現在是告訴代理人的身分，當然也希望被告有罪，既然精神鑑定有可能讓鄭騰慶無罪，當然不做是比較好的。不過，黃莉萍的答案，卻讓夏青覺得很訝異。

「如果可以釐清真相，那麼就做吧！司法應該要查明真相，不是隨便的起訴或者不起訴，不是嗎？我要的是真相，為什麼我們無法讓這樣的事情不再發生？會不會判刑，我當然在意，但是我更希望檢方能夠努力查明事實。悲劇不能再次發生！」聽了檢察官這些話，黃莉萍紅著眼睛說。

「就請檢察官聲請對被告進行精神鑑定。」夏青總算確定了黃莉萍的心意，即使她知道很少有告訴人會同意被告做精神鑑定，但她基於律師代表告訴人的職責，她還是下定決心對檢察官說，雖然她不知道黃莉萍最後一句話的意思究竟是什麼。

檢察官苦笑：「我會一併斟酌的。」

走出偵查庭，夏青試探性的問了黃莉萍：「妳剛剛那句『悲劇不要再次發生』是什麼意思？」

針對這個突然的問題，黃莉萍的表情有些驚慌，但迅速回復鎮定。「沒事。我只是希望冤獄不應該一再發生。」

對於她言不由衷的答案，夏青的不滿溢於言表，但是既然她不願意說，也只能到此為止。夏青可以肯定黃莉萍本身也充滿了謎團。

＊＊＊＊＊＊

在這段期間，更詭異的事情發生了。本來以為水月會對於這件悲劇應該會敬而遠之，而且名嘴們也會盡一切能力去「想像」水月會與被告的關係，但是在案件發生後的一、二週內，即使所有媒體都大規模的報導這件悲劇，名嘴們也沒放過這個機會，在電視上揣測各種不同的假設，但是竟然沒有任何人提到水月會與本件悲劇的關連性，主要焦點還是在抨擊政府，並且討論社會安全網的「大破洞」云云，甚至要把精神病患集中管理等言論都出現了。這些言論反而造成社會更大的不安，而水月會也開始發動連署。

起初的連署，只是水月會的支持者在網路上呼籲。接著就看到水月會的各地幹部，在臺北、高雄的捷運站，以及全國的火車站出口，發動連署，要求司法體系對被告判處死刑，迅速吸引了非常多人參加。他們的口號是「殺人要償命，不論精神病」。在短短的一週內，已吸引到十萬多人連署，要求以牙還牙，速審速決。對於水月會而言，連署是一件駕輕就熟的事情。他們在去年就曾經成功連署過反同志婚姻的公投。運用他們的人際關係網、反對家庭價值被破壞等訴求，很快就蒐集到相當多的樣本，甚至趁勝追擊也推舉了好幾位政治人物當選立法委員與市議員，而這些人在日後，也確實對於水月會投桃報李，讓宗教的政治勢力逐步擴大。

有趣的是，就像是相互呼應一樣，在連署書正式遞交司法院與法務部之後沒幾天，媒體界從不同的管道中傳來類似的消息，也就是檢察官即將起訴鄭騰慶，並且具體求處死刑。白正廷對此不敢掉以輕心，因為並不知道是檢察官故意放給媒體的消息，或是媒體自己的無端揣測，畢竟他也知道，許多跑司法線的記者，就是有辦法在被告與辯護人收到起訴書就知道結果。白正廷在這段期間內，努力的打探消息，卻都不得其門而入，反而在十一月十五日當天早上收到起訴書。檢方決定起訴鄭騰慶，果真具體請求法院判處被告死刑，褫奪公權終身。

收到起訴書，訝異的不只有白正廷，還有夏青與黃莉萍。

黃莉萍的家門口，一大早就擠滿記者，他們想要知道黃莉萍對於起訴書的看法。但是黃莉萍大約快到中午才出現在家門口，不論記者怎麼問，她只是一言不發的、快步走向計程車揚長而去，留下一群錯愕的記者。她想要與夏青討論，下一步要怎麼走。

「夏律師，我不能接受。」黃莉萍說。

「既然起訴死刑，妳不能接受的應該是真相不明，不是嗎？」夏青說。

「我不認為這是真相。檢察官連精神鑑定都不願意做，就把結果當做過程？不去檢討他為什麼犯罪、他為什麼會挑上我的孩子、為什麼不逃、是什麼樣的精神問題？檢察官什麼都不查，直接就起訴，而且具體求處死刑，這樣是對的嗎？」黃莉萍很憤怒。

「這次的偵查程序確實很快，僅僅一個月就起訴。或許檢方真的感受到社會輿論給的壓力，特別是水月會在各大據點連署，要求速審速結，判處被告死刑，應該有一定程度的影響。」夏青說。

「所以呢？律師我該怎麼做？我要的是孩子究竟怎麼走了的真相，這個司法體系，有義務告訴我，發生了什麼事。」黃莉萍不能諒解的說。「現在我知道的事情，只有他叫什麼名字、據說他是瘋子、因為不知名的原因，殺了我的孩子，然後呢？然後他就死掉了。可是律師，死刑是結果，不是真相。我要的是真相。」

夏青沉默了半晌：「事實上，網路上確實有一些傳聞，認為這件事背後有宗教因素，並不只是一個人所為。而且那個水月會之所以連署要對被告判處死刑，是因為要藉由國家機器儘速平息這件事。」

「所以妳覺得檢察官之所以這麼快起訴，跟這個宗教團體有關？而這個凶手只是代罪羔羊嗎？」黃莉萍問。

「我不知道。」夏青苦笑：「但最後會不會判決死刑，也不是地檢署決定的，往後公開審理，法官應該可以把案件調查清楚。可惜，根據刑事訴訟法的規定，即使在法庭程序中，給予被害人的權利不多，往後我們也只有意見表達的權利而已，並不能完整的參與訴訟。」

「我不懂法律，但是如果這麼隨便就起訴，當然也會草率的審判，我決定要給法院一些壓力，否則我無法尊重這樣的法律程序。」黃莉萍說。

此時窗外傳來遠近不一的吵雜聲，有人在樓下大喊：「黃莉萍女士，請問妳對於檢察官求處死刑，有什麼看法？」

「看來記者跟來妳這裡了，真是不好意思。」黃莉萍站起身來，對夏青鞠躬，然後直接走出事務所外。

夏青跟著她走下去，只見鎂光燈不斷的對著黃莉萍與夏青閃爍，讓人幾乎睜不開眼。

「各位記者朋友們。」雖然眼睛紅腫，但是這段話看起來就像是演練許久一般。「謝謝你們為了這件事情這麼費心，我知道你們想要問我什麼，我也有幾句話要說。首先，我不能接受地檢署的處理方式，我要的是真相，但是他們沒有給我真相，只給我速審速決。其次，我要的不是死刑。我的孩子已經過世了，判處另一個人死刑不會讓她起死回生。我希望這樣的悲劇不會再次發生，但是草率的起訴，沒有查清楚真相，難道就可以讓事情不再重演嗎？我呼籲士林地方法院要認真的審理這個案件，找出悲劇發生的原因，而不是隨便把一個人判處死刑後，就這麼結束了。我要說的只有這樣，謝謝大家。」

講完以後，大約有半分鐘，現場一片安靜。突然有位記者打破沉默舉手發問：「所以妳不贊成對被告求處死刑嗎？」

黃莉萍看著那個記者，直接對他說：「我要的是真相。」說完這句話後，轉身走進夏青事務所裡，不再理會外面的吵雜聲。

「這下妳的話肯定會被扭曲。」夏青說。

「我不在乎，不要以為死刑可以解決一切，至少不能解決我。」黃莉萍說。「如果最後結果看不到真相，我會化身為阿修羅。」

「嗯?怎麼不是帝釋天？」夏青覺得很有意思，因為她曾經花過一段時間研究佛教與道教中，關於阿修羅與帝釋天之間的爭鬥。她認為民間信仰裡的「善惡相對論」，就蘊含在這些神祇的關係之中。

「一旦進行復仇，就會只是阿修羅。因為無論有多麼正當的理由而去殺人，都不可能是帝釋天。」黃莉萍斬釘截鐵的說。

果然，晚間新聞開始，斗大的標題雖然不太一致，但大概都是：

「冷血媽媽，不在乎被告死刑。」

「黃莉萍到底是冷靜還是冷血？」

「要真相？還是要錢？是母親，還是魔鬼？」

「無良媽媽竟支持廢除死刑！」

記者散去，黃莉萍也已經離開事務所，夏青看著即時新聞的跑馬燈，她知道接下來的仗可能很難打，在法院以外放話，對於審判結果，向來都不會是好事。不過，她並沒有多少時間嘆氣，因為又有人按了事務所的門鈴，她疑惑的看著門口，是一個中年男子。她想了很久以後，突然想起來，他就是潘志明，也就是偵辦這件殺害幼童案的刑警。

「夏大律師，您好，我是承辦本件案件的偵查佐潘志明。」刑警禮貌的說：「我知道您現在是黃莉萍的告訴代理人，在偵查階段，因為偵查不公開，不方便來找您。現在既然起訴被告了，有些事情想跟您討論。」

夏青示意請他坐下，她並不知道對方要說些什麼，只能先沉默。

「妳有聽說過水月會嗎？」潘志明問，既然夏青記得他，就乾脆改用「妳」這個字。

「有。他們不是發動民眾連署，要對於被告具體求處死刑嗎？」夏青說。「他們的勢力與財力倒是挺大的，在短短的一週內，就已經蒐集到十幾萬人的連署簽名，要求將被告處以死刑。」

潘志明點點頭：「妳應該知道被告的媽媽失蹤了，只是我們不知道誰帶走了她。而且私下許多傳聞都指出，水月會的信徒在被告發生事情當天，就已經去被告家裡把所有東西都帶走，帶走了多少東西，現在沒有人知道。」

夏青有些無奈：「我確實有聽過這些傳聞，但是檢方沒有向法院聲請搜索票，似乎早就已經設立停損點。」

潘志明苦笑：「因為沒有實際的證據，只是聽到某些媒體記者在傳，還有鄰居有在八卦這件事。我們曾經跟檢察官報告，但是後續就石沉大海，沒有任何消息了。我們現在也只能暫時把被告的媽媽列為失蹤人口，沒辦法直接進入水月會總部搜索。」

「那麼有什麼事情希望我可以協助嗎？」夏青問。

「我希望妳可以在開庭的時候向法官說明這部分的關連性，以我辦案這麼多年的經驗，這件事一定不單純。水月會肯定在背後扮演了某些角色。」潘志明壓低聲音說：「更或許水月會就是教唆這件殺人案的背後主謀。」

乍聽之下，夏青有些錯愕，因為教唆者何以需要連署，要求判處被告死刑，如果教唆者真是水月會的領導幹部，難道不擔心被告反而把所有事情都揭發出來嗎？夏青又轉念一想，如果被告的媽媽在水月會手中，似乎一切就都合理了。畢竟組織可以拿媽媽來勒索被告，避免被告供出背後的主使者。

「好，開庭的時候，我會請求檢察官轉達法官，確實有調查水月會的必要。只是你也知道，被害人與告訴代理人，在法院審理刑事訴訟時的地位不高，並不能請求法院調查證據，所以還是需要檢察官配合幫忙才行。」

「我開始覺得這件事不是單純的隨機殺人案了。」潘志明嘆氣說：「只是現在我們還是抓不到線頭，如果法院不願意查明真相，可能真的就要石沉大海了。」

「不過，」夏青話鋒一轉：「你怎麼會對於這個案件這麼有興趣？」

「因為我女兒加入了水月會。」潘志明苦笑：「她在加入組織以後，我們好不容易建立的父女關係又陷入了冰點。我不知道她為什麼會想要捐錢給這樣的組織。當然，在這件事情發生以後，我也擔心她會出事。」

「就你所知，水月會與信徒之間的關係是什麼？」

「其他人我不知道，但是我女兒非常相信師父。在我跟我老婆離婚以後，她就認為師父是她的來世母親。」他苦笑：「她進了大學一年級以後，就參加了學校社團，也就是水月青年團，每個星期都要去靈修靜坐，她拚命打工，都把這些錢捐給水月會。」

「所以你才積極的想要知道水月會到底有沒有涉入這件悲劇嗎？」夏青問。

「對。如果真的有問題，我希望女兒可以盡快脫身。」潘志明說：「我幫妳，但是妳也要讓我知道怎麼回事。」

夏青點點頭：「我們一起把真相找出來。」

CHAPTER

05

叫我第一名

張品祥與蕭淑惠現在要面對的問題，不是只有喪子之痛，他們在臺北地方法院家事法庭進行離婚訴訟。雖然律師再三勸阻，張品祥還是執意對蕭淑惠提出離婚訴訟。律師勸阻的原因，不是因為擔心蕭淑惠會承受不住打擊，而是就民法第1052條的離婚事由來看，張品祥自己外遇，如何能提出離婚的請求？但是張品祥吃了秤鐵了心，就是一定要對太太提告，律師只好尊重他的意願。雖然離婚訴訟必須強制調解，但兩造都缺席不到，法院只好停止調解程序，由法官安排審理。這天就是開庭審理的時候，雙方都沒有帶律師到庭，雖然身邊有兩個朋友在安慰蕭淑惠，但她的身影仍然看起來特別落寞。而張品祥則是神情冷漠的站在法院門口抽菸。

因為人數多，開庭時間延滯了些時候。蕭淑惠的兩個朋友好像是水月會的教友，不斷的安慰她，說佛祖會讓她的訴訟打贏，老公要離婚是不可能的云云。蕭淑惠什麼都沒說，就只是不斷的哭泣。難堪的二十分鐘過去，終於輪到他們進入法庭。

「原告的離婚事實與理由為何？」法官問。

「因為被告讓我們的孩子獨自在公園玩耍，導致他被一個神經病殺死，我要離婚。」張品祥稱呼蕭淑惠為被告，就像是兩個人從不認識一樣。

法官微微的點頭，看不出他對於這件震驚社會的社會新聞有什麼反應。他只是偏過頭問蕭淑惠：「被告答辯聲明及理由？」

「我不要離婚，這不是我的錯。」蕭淑惠的眼眶泛紅：「而且是因為他外遇，我想只是離開一下子而已，怎麼知道會發生這樣的事情？」

「所以原告主張離婚的請求權基礎是民法第1052條第2項嗎？」法官問。

「啊？什麼？」張品祥聽不懂。

「就是以兩造的婚姻已經有嚴重的破綻，任何人處在這樣的婚姻關係下，都會想要離婚。」法官說。「你的起訴狀已經是這樣寫了，我只是想跟你確認而已。」

「我的訴狀是律師寫的，應該就是法官你剛剛的意思吧！」張品祥說。

「法官，我還沒有想到離婚這件事。」蕭淑惠的情緒有些激動。「他外遇、孩子剛過世，他怎麼可以跟我提出離婚？」

「孩子過世，就是因為妳。」張品祥大吼：「妳只會抓外遇，妳會照顧小孩嗎？」

「你也不想想，你平常忙工作，孩子都是誰照顧的？」蕭淑惠反脣相譏。

「一個一個說話，不然我聽不懂你們在說什麼。」法官要他們停止爭辯。「所以原告有外遇，然後提出離婚的請求？關於外遇，請問被告有證據證明嗎？」

「孩子出事那天，他正在汽車旅館跟小三做愛，我全程都有跟到。這是徵信社提供給我的光碟，還有現場的保險套、衛生紙。」蕭淑惠說。

「關於這部分，原告有沒有意見？」法官問。

「我當然有意見，她如果不放孩子一個人在公園，寶貝就不會走了。」張品祥還是很激動：「而且她平常沉迷宗教，又怎麼照顧孩子了？」
「她平常如何沉迷宗教？」法官似乎聽到了亮點。
張品祥拿出了一大疊的信用卡帳單與匯款紀錄。「這些帳單，就是這兩年來，被告捐給水月會的紀錄。她每個星期幾乎都會去參加那個什麼師父的活動，她為了當見習委員、培訓委員，就已經花了幾十萬，還把左鄰右舍都拉去參加水月會的活動。最後捐了二百萬，當上了資深委員，真的當我賺錢很容易嗎？」
「剛才原告所陳述的內容，被告承認嗎？」法官請通譯把這些帳單拿給蕭淑惠。
「我確實有參加這些活動，但我也是為了這個家。」蕭淑惠哭得更傷心了。「如果不是我做善事，我先生的工作可以這麼順利嗎？」
「我工作順利是因為我工作努力，跟妳捐錢給妳的鬼師父又有什麼關係？」張品祥不服氣的反駁。
法官看著張品祥提供的帳單，還有蕭淑惠提供的外遇證據，似乎懂了什麼。
「所以兩造有要傳喚證人嗎？」法官問。
「我要請法官傳喚水月會的負責人過來，她花了我們家這麼多錢，總得要交代吧！」張品祥說。

「我不同意請師父來法院，她是我們的再生父母，怎麼可以請她為了我的私事進法院？」關於傳喚師父，蕭淑惠似乎覺得匪夷所思。

法官微微一笑，只說了一句話：「關於離婚，到法院來都不是一件愉快的事。當你們決定把私事交給第三人判斷，不論輸贏，最後其實都不會是好聚好散了。要不要傳喚這位證人，我會考慮，如果帳單等就可以證明某些事情，也就沒必要傳喚了。那我們就改定一個庭期，再來對於雙方提供的證據進行攻防與判斷。」

蕭淑惠走出法庭，幾個水月會的姊妹跟她相擁而泣。而張品祥則是怒氣沖沖的離開法院，嘴裡還不斷的說：「花我的薪水、找我的麻煩，還想要婚姻？莫名其妙！」

＊＊＊＊＊＊

一個多月以後，夏青與白正廷都收到了第一次的開庭通知。

一般而言，進入法院的刑事案件，都是由法院輪流分配。這一天，廖芳儀並不知道自己會是這個案件的承審法官，在接到通知以後，應接不暇的關心電話，她才知道自己已經是這個矚目案件的受命法官。

據說，人生有所謂的勝利組與失敗組。如果用這樣的觀點來區分，廖芳儀肯定是人生勝利組。她的父親是外交官，母親則是在民營企業擔任高階主管。從小志向就是從事法律相關的行業，在司法官訓練所裡受訓時，她的自傳中有一段是這麼寫的：

「本人從小就因為父親經常要派駐國外的原因，對於多元文化與語言學習有濃厚的興趣。除精通英文、德文外，本人也略懂日文，並且對於亞洲與歐洲文化之差異頗有興趣。在臺灣大學畢業以後，本人就前往倫敦政經學院攻讀法學碩士，並且在日本的律師事務所擔任法務助理兩年。」

她的家世背景令人稱羨，而學歷、經歷也可以堪稱霸主。在三十歲的年紀，她已經是司法院重點栽培的對象。因為她優秀的語言能力、得體的應對進退，以及姣好的外貌，讓她成為法院注目的新人，經常代表司法院接待外賓，或者是在法院同意下代表官方接受媒體採訪。雖然想要追求她的人不少，但她早在進法院第一年就已經結婚了，而且有一個小女孩，只不過女兒還未足一歲。女兒對她來說，是相當重要的存在。為了照顧這個孩子，她打算在今年向法院申請育嬰假，只不過突然來的這個案件，讓她皺起眉頭。對她而言，審理這樣的重大案件，所需要耗費的時間與精力都相當多。這幾年擔任法官，縱然有被告或告訴人上訴，她的審判品質仍然有口皆碑，被撤銷改判的情況非常少，就是因為她花了相當多的時間在審理案件上，現在好不容易可以休息，她當然希望這個案件交給別人去辦理。不過，長官對於她擔任這個案件的受命法官，倒是非常滿意，因為就審判品質與公共關係來說，她應該是最好的人選。

對於白正廷來說，這個消息並不是很理想。他早就耳聞這個學妹很優秀，更曾經在擔任檢察官的時候跟她對壘過，他想起了先前在法院涖庭時親身經歷過的一件往事：

他剛調到公訴組的時候，第一次跟這位學妹搭配，原本他也覺得這個女孩笑容可掬又年輕，應該審理案件不會太認真，也不會是量刑嚴厲的法官。但是在幾件判決出來以後，他逐漸發現自己的判斷錯誤。總的來說，她審理案件不會透露心證，而且對於案件不分大小，都耗費很多時間詳查。她嚴格踐行「無罪推定」原則，也就是說，如果被告堅持無罪，她也不會勸被告認罪，而是根據被告所聲請的證據調查。但一旦認為被告有罪，她的量刑也會比一般法官要重。她認為如果有罪卻又浪費司法資源，是非常不可取的行為。但是如果無罪，法官卻不盡責調查，就有愧於自己的職責。這樣的想法，與白正廷類似，但是他們卻在某個案件上起了相當大的衝突。

被告是一名退伍軍人，現在任職保全業，他與剛懷孕的太太在回家進門的時候，發現家裡似乎有小偷。小偷發現屋主回家，急忙躲進廁所裡。然而被告不放過他，不斷敲打門口，要竊賊出來面對，同時示意太太報警。竊賊在聽到太太報警的聲音時，決定鋌而走險，於是把廁所門打開，與被告扭打成一團。沒想到竊賊是吸毒者，身材又較為瘦弱，於是在被告勒住他脖子的情況下，就這麼死亡。被告於是被檢察官起訴過失致死，並且由廖芳儀負責審理。

開庭的時候，白正廷再三勸說兩造可以和解，或者希望廖芳儀可以從輕量刑。畢竟當時被告之所以會犯下過失致死的罪刑，也是因為竊賊入侵被告家中才會導致這場悲劇。被告拒絕認罪，也是抱持這樣的態度，他認為自己當時基於正當防衛的理由才會不小心導致這樣的結果，不該由他承擔這一切。在量刑辯論時，白正廷身為檢察官，但罕見的為被告主張緩刑，他從被告的成長背景與當時的情況，以及刑事訴訟法上並沒有相關規定，要求和解做為宣告緩刑的要件，希望廖芳儀可以給這位被告機會。但是遭到廖芳儀冷酷的拒絕，最後還是判處被告有期徒刑四個月，而且沒有緩刑宣告。

廖芳儀在法庭上並沒有任何對於白正廷論告的評論，一直到下庭後，她才跟白正廷說出她真正的想法：「學長，我了解你的想法，但是站在法官的立場，我沒辦法給予被告緩刑。簡單來說，我覺得被告當下是有選擇的。」廖芳儀說。

「何以見得？」白正廷很好奇這位學妹怎麼會知道被告在這麼緊急的當下，可以做出正確的判斷。

「你想想，當時被告發現有竊賊在家，一般的情況都是退出家中，然後選擇報警，讓警方來處理。這件事情明明就是被告逞英雄，想要在愛妻面前露臉，所以才會跟竊賊有衝突，然後不慎導致竊賊死亡。我認為他可以選擇退讓，但他卻選擇衝突，把法律視作無物，這我無法容忍。」廖芳儀不以為然的說。

「學妹，有些人可能根本沒有選擇，或是不知道如何選擇呢！」白正廷嘗試用比較輕鬆的方式告訴她人生不如意十常八九，並不是她所想的這樣。「有些人，不是不努力，而是努力也看不到盡頭。」

「是嗎？我也不是天生就當司法官的。學長，從小到大，我們念了多少書，才有辦法通過這百分之一的考驗？只要努力，就有機會出頭，這不是過去我們熟知的道理嗎？」廖芳儀不以為然的說。「我認為這些人都是在有選擇的情況下，卻選擇傷害別人的方式，這一點我無法容忍。」

不知道為什麼，白正廷突然想起金庸小說《天龍八部》裡的王語嫣，她家世良好、美貌動人，而且對武林各門派的武功瞭如指掌，但就是對世事一竅不通，只知道愛著慕容復。如果讓王語嫣來當法官，不知道會不會當得比她好。那個年輕人，最後被她判處有期徒刑四個月，最終還是沒有給他緩刑。為了這件事，白正廷有好幾個月在下庭後不想跟這個學妹聊天，因為他覺得，司法的目的並不是為了完全服從法條字面上的意義，而是為了解決問題而存在，量刑更不能這麼僵化。只會背法條的法官，可能不如設計良好的ＡＩ。

「人生勝利組！」白正廷想起了學妹開的那輛跑車，據說是在民營企業工作的媽媽送她的。天底下，就是有一種人天縱英明、努力過人、家產豐厚、帥氣貌美，幾乎把所有的優勢都集中在自己身上。他心裡想，案件在她手裡，應該不會太好過，不過她至少會同意將被告移送精神鑑定。對於王語嫣來說，學習武功就是得要按部就班，才能最終成為名門正派。

與此同時，夏青也收到開庭通知，知道是由哪個股別承辦以後，她立刻聯絡黃莉萍來事務所開會討論。雖然黃莉萍似乎對於知道法官的辦案風格沒興趣，但夏青還是要求她必須先知道法官可能的想法，才能一起擬定訴訟策略。

「夏律師，法官雖然審判獨立，但還是得要依法審判，為什麼一定得要知道個別法官的看法？」黃莉萍不解的問：「我以為法官都是一樣的。」

「就像是妳站在山頭不一樣的方向，看到的風景也不會相同。」夏青耐心的解釋：「同樣的條件下，如果妳的案件遇到堅守『無罪推定原則』的法官，那麼判決結果當然會跟認為『你一定有問題，不然怎麼會被起訴』的法官不一樣。」

「那麼根據妳的經驗，這個法官的想法是什麼？」黃莉萍問：「她會想知道真相嗎？」

「我跟她在法庭上遇過幾次，她的風格就是勿枉勿縱。而且對於被告聲請調查的證據，她大概都會依法處理。以白律師的做法，他應該會聲請精神鑑定，這位法官也會同意。當然，還有水月會。」夏青說。「前幾天負責調查本案的偵查佐來找過我，談到水月會有可能教唆被告犯下這個案件，只是因為地方檢察署找不到任何證據，所以沒有辦法將這些人起訴。」

「水月會？我有點印象，前兩天才有記者來找我，也談到這個組織。」黃莉萍繼續說：「只是我不懂，為什麼宗教團體要教唆信徒殺人，這一點意義也沒有。」

「目前我們這裡的訊息還太少，等到開庭以後，或許會比較清楚一點。」夏青說。「但是記者？」

「這個記者，叫做蔡雨倫。前兩天她有來找我，想要採訪我的想法。我有跟她聊了一會兒。」黃莉萍像是突然想起什麼。

「蔡雨倫？我知道，先前有一個案子，我曾經跟她接觸過。」夏青說：「她不像一般記者，對於調查案件的真相很有興趣。」

「對。她想跟我交換條件。她強烈懷疑水月會的師父跟這件案子有關，而且她希望我們可以追蹤這個訊息。她說，水月會的人在案發當天，就已經到凶手的家裡帶走一些文件，而且有可能還綁架了他的媽媽。」

「喔？她想跟妳交換什麼條件？」夏青饒有興趣的問。她知道蔡雨倫向來勇於追求真相，但絕對不是省油的燈。

「她要在案件結束後，對我做獨家專訪，由她出書。」黃莉萍說。

「妳答應了嗎？」夏青問。

「我只是淡淡的說，我自己都不知道真相了，妳寫出來的東西會有什麼價值？」黃莉萍說。「她聽了以後也沒多說什麼，但還是希望可以跟我合作。她還告訴我，她先前找過白正廷律師，也就是被告的辯護人，但是跟他的合作僅限於地檢署，已經結束，她希望現在可以跟我們合作。」

「事情看起來越來越複雜了。」夏青說。「但是我希望妳不要跟記者合作，因為所有的案件，到了記者手裡，失真的多，紀實的少。每個人都只會說一面之辭，大部分報導的內容也都只是一方說法而已，永遠都不會有平衡報導這種事。」

「所以律師也不會跟記者合作嗎？」黃莉萍問。

「站在蒐集情報的立場，我們會聽聽記者怎麼說，但是所有的證據，都還是必須經過法院調查以後，才能成為判定有罪與否的證據，如果只是記者拼湊某些人的說法，這只能是八卦，不能是法律上承認的證據。我們在刑事訴訟法上，就稱呼這樣的證據是『傳聞證據』，如果有必要，我會希望檢察官傳喚她來作證，但是在她作證之前，其實用處不大。」夏青說。

「好，反正我會跟她保持聯繫，有任何消息會告訴妳。」在知道蔡雨倫對於真相有興趣以後，黃莉萍的表情有些變化，不過她沒有再對這件事有所著墨，而是話鋒一轉，突然問了夏青一個問題：「律師，妳覺得我愛我的孩子嗎？」

「為什麼會這樣問？」夏青覺得很奇怪。

「因為這陣子以來，看到那些網路上的留言，我有些承受不住。有時候我會忍不住懷疑自己，是不是真的就像是那些人所說的這麼不堪。」黃莉萍說。

「匿名以後，許多人會變身成另外一個人，這就是網路可怕的地方。對付這種東西，最好的方式就是不要看。」夏青說。

「我可以理解，可是身為母親，很多時候我還是會內疚，懷疑自己沒有照顧好孩子。」黃莉萍苦笑著說。「妳知道嗎？『物必自腐而後蟲生』這句話，適用在婚姻裡的外遇，因為如果不是兩個人之間已經無法繼續，第三者很難介入。但是這句話同樣適用在自己的人生，因為如果我覺得我已經盡到了母親的責任，應該不會對於那些話感到難過。況且這孩子是我生命中的全部，如果我是月，小孩就是水。沒有孩子，就沒有我，就像是沒有水，就不能反射出月色的明亮，是一樣的道理。」

夏青不是很懂她的比喻，但還是輕輕的拍了她的肩膀，也給她一個擁抱。「妳已經是個很好的母親了，至少這件事情，錯並不在妳。也不是要求法院判殺人犯死刑，就一定是個好母親。死刑是最好解決社會問題的方式，但不見得可以解決被害人與加害人之間的問題。」

＊＊＊＊＊＊

在潘志明的家裡，同樣有人希望可以當個好父親。身為父親，即使工作已經讓他焦頭爛額，但還是記得女兒的生日。他早在前一個月，就把那天的排班空出來，也跟同事說好，盡量不要打擾他，因為他想跟孩子好好過生日。女兒進了大學以後，因為學校在台北市，潘志明還是希望她可以住在家裡。原則上，女兒還是每天會回家，只是父女之間的互動不多，碰面也是點頭問好而已，自從潘志明知道潘昭盈參與水月會的宗教活動以後，因為他不贊同的態度，兩個人的關係更惡劣，而潘志明想要改變這樣的情況。

他買了蛋糕，還親手下廚做了一些他以為女兒愛吃的菜，從中午開始，就撥電話給女兒，希望她可以早點回家。但是得到的回應都是「您撥打的電話將轉接到語音信箱」，他不敢多打，就只能乖乖的在家裡等候，直到十點多，他才總算等到女兒進門。

「生日快樂。」他指著滿桌子的菜：「這都是我做的呢！」

「喔。」潘昭盈看了一下，然後就往自己的房間走去。

「妳去哪裡了？爸爸在家等了妳一天，怎麼都沒有接電話？」潘志明的質疑口氣還算平和，其實他也不知道該用什麼方式跟一個即將成年的孩子說話。

「社團。」潘昭盈回答的很簡略，手仍然沒有停止動作，正在打開房門的鎖。

「社團？妳今天沒在學校？」潘志明隨口問。

「今天社長帶我們去參觀水月會高層使用的靈修室，那裡有很多有趣的高科技設計，宗教與未來結合，確實很有意思。」談到水月會，潘昭盈總算願意多說一點話，也停止了開門鎖的動作。

「所以沒有在學校裡，是在信義計畫區的總部？」潘志明問。

「不是，是在淡水附近。會長說，這是因為我們在所有大專院校裡的社團績效最好，也是未來水月人的楷模，所以師父才破例一次，開放讓我們參觀，否則一般水月人根本不知道那個地點，而且也是進不去的，只有師父與幾個董事知道而已。」潘昭盈越說越興奮，「那裡一進去就是修行大廳，裡面有滿滿的一片牆，都是直播用的電視螢幕，真是很酷。」

「難怪整個下午妳都無法接聽電話。可是妳也不想想，老爸為了妳的生日，等了妳一天，妳就不能跟我好好聊聊嗎？」潘志明開始有些動怒：「妳又去水月青年團？還要不要念書呢？」

「我有要你等我嗎？」潘昭盈就像被潑了一盆冷水，斜眼看著潘志明。「今天社團的兄弟姊妹幫我慶生，可以嗎？你們就是這樣，想要幹麼就幹麼，不配合你就用情緒勒索的方式來處理。」

「情緒勒索？」潘志明對於這個名詞不是很熟悉。「我只聽過擄人勒索啦！這些新名詞什麼的我不知道怎麼一回事，但是我沒有要勒索妳什麼，我只是想要祝妳生日快樂而已。」

「喔？」潘昭盈冷笑：「那麼離我遠一點就好。你還記得我高中的時候嗎？你答應過我要調整你的時間，好好跟我跟媽相處。結果你有調整什麼？你只會在某一個你以為重要的日子，突然出現在我面前，要我配合你過你想過的紀念日，如此而已。」

「我問妳，到底參加這個社團，對妳有什麼好處？」潘志明壓抑著怒氣。

「社團的學長姐，就像是我的家人一樣，他們會關心我、照顧我，而且我們捐獻的每一分錢，都是用在弱勢身上。你對於水月會的歧視太深，根本不了解我們。」潘昭盈說。

「那麼師父呢？妳真的覺得她是妳的父母？」潘志明追問。

「你知道嗎？自從你跟媽媽離婚以後，我就沒有父母了。」潘昭盈說：「她是佛的化身，而我們都是佛祖的孩子，當然是她的兒女。」

「你當然是我的孩子，怎麼會是那些神棍的孩子？」潘志明真正生氣了。

「你的孩子，不是你的孩子。」潘昭盈說完這話以後，把臥室的門打開，然後頭也不回的進門。

「但也不會是那個神棍的孩子！」潘志明對著房門怒吼。

吼完以後，潘志明不知所措，回到餐桌上，一個人看著滿桌的菜發呆，就像是雕像一樣。而眼淚一點一滴的掉，他不敢哭出聲，擔心女兒聽到。他不知道的是，潘昭盈在幾分鐘後，把門縫打開，看著爸爸無助的樣子，也在門後掉眼淚。

CHAPTER

06

春天的吶喊

開庭那一天，法院門口到處都是SNG轉播車，攝影記者擠在法院門口，許多民眾也聲請旁聽證，希望可以親眼目睹這個號稱可以「轉化生命」的殺人魔。此外，廢死聯盟與反對廢死的團體，也在法院門口舉起招牌對陣。夏青大概已經有過經驗，便早早帶著黃莉萍進入法院等候，沒有讓記者堵到。白正廷則是不發一語，直接進入法院大門，但就在進入法院前，發生了一點小插曲，有個民眾拿了臭雞蛋往白正廷身上丟，雖然沒丟中，但是雞蛋的惡臭散發在地院門口。那個民眾的舉動，引起一些人當場叫好。「垃圾律師！魔鬼代言人！」那位民眾在丟完雞蛋後，猶對著空氣大聲咆哮。白正廷不以為意，只是微笑的對著所有鏡頭說：「謝謝指教。」

隨後，張品祥與蕭淑惠前後到場，蕭淑惠穿著樸素，同樣有幾個不明身分的女性陪同，從頭到尾就只是說：「不好意思、借過。」張品祥則是在門口公開接受記者採訪，他要求一定要判處死刑，否則他會親自動手，讓被告生不如死。他講到慷慨激昂處，甚至比手畫腳，認為這個國家就是判刑太輕，才會讓壞人不斷逍遙法外。「殺人的，只要說他自己是精神病，國家就要放走他嗎？那我是不是也可以殺幾個人，然後說我自己也是神經病？」張品祥說。「國家如果不殺，就我來殺！」這番話引起在場許多民眾的喝采。

這是第一次的準備程序庭。所謂的準備程序，就是讓檢辯雙方討論有哪些證據需要調查，在調查以後，可供未來辯論程序時，三名合議庭法官判斷有罪與否的依據。整個早上，廖芳儀只有安排這一庭，她希望檢辯雙方能夠盡快、儘速對調查證據表示意見，把集中審理的程序處理好。法庭內，充滿了不安且騷動的氣氛，被告已經從樓下的拘留室移至法庭，白正廷就坐在他旁邊。檢察署特別指派兩名公訴檢察官到庭，正在低聲討論案件。夏青、黃莉萍、張品祥、蕭淑惠等告訴人就坐在檢察官那一側，不安的等待法官開庭。

在進入法庭前，其實廖芳儀也有點緊張，這是她第一次審理這麼重要的案件，而且竟然是在她即將請育嬰假的時候。但是她知道自己的職責，而老公也在早上特別起床做了早餐給她吃，為她加油。想到這個家，廖芳儀微笑著。對她來說，法律就是人性的最後一道防線，她會捍衛這個職務的尊嚴，也會做好該調查的事項。但是不知道為什麼，她總是覺得有些不安。

「被告的姓名、年籍資料？」廖芳儀坐定以後，命令法警解開他的手銬，開始進行人別訊問。

鄭騰慶認真的盯著桌上的電腦螢幕，然後說：「這是我的名字與住址沒錯。」

「請檢察官陳述起訴要旨。」廖芳儀立刻接著請檢察官說明起訴的內容。

「被告涉嫌刑法第271條殺人罪，犯罪事實詳如起訴書所載。」其中一個年紀較長的檢察官回應。

「好的，被告你有收到起訴書嗎？」廖芳儀問。

「什麼是起訴書？」鄭騰慶反問。

廖芳儀示意通譯拿了一份起訴書給他。鄭騰慶很認真的看著這份起訴書，過了五分鐘，他才呼出一口氣說：「我看過了，但是裡面寫的都不是事實。」

「好，既然你已經看過起訴書，我現在要告知你的權利。你涉嫌犯下殺人罪，你可以保持沉默，無需違背自己意思而為陳述，可以選任辯護人，可以請求本院調查對你有利的證據，以上是你的權利，你了解嗎？」廖芳儀連續背出上開權利告知內容，畢竟對於法官或檢察官而言，這些每天都要念好幾遍，已經不需要看稿。

鄭騰慶無助的看了一下白正廷，白正廷也不多說，直接示意他點頭說「了解。」

「我了解。」鄭騰慶小聲的說，雖然他看起來一點也不了解。

「請問被告，既然你知道檢察官起訴你的內容，請問你是承認犯罪，還是否認犯罪？」廖芳儀問。

「我沒有殺人，我只是把這些人進行生命轉化而已。他們在作法以後，生命可以任意改變形式，這是好事，怎麼會是殺人。」談到自己「專業」的領域，鄭騰慶突然大聲起來。

聽到這段話，黃莉萍面無表情，但是張品祥卻當場飆出來三字經，站起身來就要衝過去毆打被告。「幹你娘！我現在就來轉化你的生命。」法警早已經注意到他，隨時保持警戒，因此立刻拉住他。蕭淑惠則是一樣的泣不成聲，只能哽咽的不斷叫著自己孩子的名字。

看到這樣的混亂場面，廖芳儀覺得很不舒服，她立刻對被法警拉住的張品祥說：「法律就是保障權利的最後一道防線，你這麼做，只是讓你自己被判刑而已，對於解決問題有幫助嗎？」

張品祥還反應不過來，但是黃莉萍突然問法官：「所以妳相信法律可以伸張正義，也可以保障個人的權利？」

吵雜的法庭頓時因為黃莉萍的問話而安靜下來，廖芳儀看著黃莉萍，真摯的對她說：「是的，我相信。法律加上事實，就會產生最精準的判決，也是保障每個人最好的工具。」

黃莉萍只是淡淡的微笑，沒繼續追問下去。

「被告否認犯罪，而辯護人的辯護意旨為何？」廖芳儀問。

「辯護人主張被告在行為時有嚴重的精神認知障礙，他並不知道自己在殺人，只是以為自己可以有『生命轉化』的能力，請庭上參酌被告被捕時所自行撰寫的經文，上面字跡雖然潦草，但都是往生咒的內容。辯護人請鈞院移送被告進行精神鑑定。鑑定後，自可證明被告沒有責任能力。如被告於行為時已達心智缺陷，致不能辨識其行為違法之狀態，自有刑法第

19條第1項之適用，應判決無罪。」白正廷一字一句的說。

果不其然，當白正廷說出那些內容，即使聽不懂前面所謂「責任能力」，也聽懂「無罪」那兩個字。現場立刻響起不贊同的聲音，特別是張品祥，當場對他比起了中指。

廖芳儀沒有評論白正廷的答辯內容，只是用手勢制止了現場的吵雜聲，她行禮如儀的繼續進行程序，「那麼請檢辯雙方對於檢方所提出的證據清單表示證據能力。」

「對證據能力沒有意見。」檢察官說。

「我們對於證據能力也沒有意見。」白正廷說。

「怎麼會沒意見？我對於這些證據很有意見。」鄭騰慶聽到白正廷這麼說，立刻加入戰場反駁。

「被告，證據能力的意思是『有沒有非法取供或取證』，能不能當做本案審理的證據資料，並不是說你有罪，那是證明能力的問題，不是證據能力，你不用緊張。」廖芳儀難得親切的對鄭騰慶說。

鄭騰慶對於這樣的說明大概還是聽不懂，但也沒有繼續堅持。廖芳儀繼續進行程序，「請問檢辯雙方有無證據要聲請調查？」

檢察官遲疑了一下，夏青立刻將調查證據聲請狀遞給檢察官，低聲跟較為年長的那一位說：「請檢座幫我們聲請傳喚證人，也就是水月會的負責人。她在創立教會以前，名字是曹靖宇。我們希望傳喚她來證明被告的犯罪動機。」

檢察官面有難色，低聲回答夏青：「可是從現有的證據當中，並沒有發現被告有被教唆的情況。我擔心法官不會同意傳喚。」

張品祥就坐在夏青旁邊，聽到檢察官這麼說，便高聲的說：「你們現在是官官相護嗎？我不相信司法就是這個原因，為什麼不能傳喚這個人？我的孩子屍骨未寒，為什麼要包庇這種神棍？」

檢察官瞪了他一眼：「傳喚證人必須要有與案件相關的待證事實，請你了解一下法院的程序好嗎？」

他們的爭執，越來越大聲，廖芳儀只好出面制止。「請問檢察官，現在有什麼問題嗎？」眼看內部爭執外部化，檢察官只好直接對廖芳儀說：「庭上，被害人希望可以傳喚訴外人曹靖宇，待證事實是，被告確實具有責任能力，而且是因為訴外人教唆才會有此犯罪行為。」

「有任何證據可以證明曹靖宇確實有教唆行為嗎？」廖芳儀懷疑的看著檢察官：「而且如果有教唆犯行，為何偵查時並未一併起訴？」

檢察官沉默不語，夏青則直接對法官喊話：「告訴代理人的想法是，只有傳喚曹靖宇，才能確定本件真相。」

「妳的想法？法院不是讓妳隨便有想法的地方，不要以天馬行空的思維要本院任意傳喚誰。」廖芳儀冷漠的回應夏青。

「不然我們請求鈞院先後傳喚蔡雨倫與曹靖宇，這位記者曾經親眼目睹水月會的高層派人前往被告家中取走物品，而且知悉被告的母親被水月會帶走，現在行蹤不明。」夏青索性跳過檢察官，直接向廖芳儀喊話。

「告訴代理人，這部分還是要由檢察官聲請。身為律師，妳應該知道告訴人只有表示意見權，不能直接請求調查證據吧？」廖芳儀眼光轉向檢察官：「檢座願意聲請傳喚這二位證人嗎？」

檢察官有些勉強，但還是同意夏青的提議。

「那麼被告與辯護人有沒有證據要聲請調查？」廖芳儀詢問。

「我們請求對被告做精神鑑定，其他調查證據部分，我們沒有意見。」白正廷說。

「好的，既然兩造對於證據能力都沒意見，那麼我們在下次審理程序會安排兩位證人進行交互詰問，第一位證人是蔡雨倫，如果蔡雨倫可以證明水月會確實有涉入，那麼會安排第二位證人曹靖宇，了解被告犯罪動機。另外，檢察官對於鑑定單位如果沒意見，我們就將被告移送台北市立聯合醫院松德院區進行精神鑑定。」

「本件準備程序終結，候核辦。被告還押，退庭。」廖芳儀像是鬆了一口氣一樣。

在庭內旁聽的記者，蜂擁而出到法院走廊上發稿。夏青可以預測，現在所有的焦點應該會移轉到水月會，對於這個組織會是不小的打擊。

＊＊＊＊＊＊

在那天以後，媒體的風向開始轉變。曹靖宇還沒出庭作證，所有不利於她的傳聞就已經滿城風雨。大部分的媒體開始討論水月會這個組織，網路上原本批評水月會的聲浪也加大力道，把曹靖宇的家世背景，乃至於她曾經發生過的「神蹟」，拿出來大肆評論與嘲笑。

「水月大覺上人，本名曹靖宇，出生於一九六四年的臺東縣臺東市。學歷高職，早年投身於國際直銷事業，並擔任總經理。退休後從事記者管理工作，並曾擔任臺東縣記者公會理事長等媒體要職。其於二〇〇四年以後，因一夜白髮，聲稱領受到千代野上人的神蹟感召，於是開始正式到日本修行，並研讀相關宗教經典。其間探訪日本、中國及臺灣大小佛寺，並且觸類旁通其他宗教，在二〇〇六年創立水月協會，並且於二〇〇九年開始轉型為基金會，於台北市信義計畫區購買道場，強調修行人不分聰敏遲鈍，只要能明心見性，就能立地成佛。」

這是簡短的 Wiki 百科上的記載。關於曹靖宇的其他消息，因為長期以來政商關係維持良好，加上她對於私生活曝光這件事相當重視，因此紀錄甚少。不過，蔡雨倫還是很努力的找出一些網路上信徒對於她過去展現神蹟的評論，整理後拿給白正廷參考。有些有趣的案例是這樣的：

「有個癌症末期的信徒，化療後身體越來越糟糕。師父本於仁心，去病房探望自己的子女，也希望為他延年益壽。沒想到，在師父以大光明手碰觸這位信眾後，他的身體當天就好轉，三個月後腫瘤消失，又可以出現在道場修行。」

「在靈修會的時候，師父一眼就能看出是不是真心信仰。如果不是信仰師父的外魔道，師父會指出來他還有魔障，然後請兄弟姊妹教化他。師父還可以知道這個外魔道的背景與目的，讓支持者嘖嘖稱奇。」

「曾經有不信者要挑戰師父的權威，師父原本不願輕易展示大能。但是不信者一再挑釁師父，最後師父只用了一根手指頭，就輕易的讓這個不信者跌倒，而且再也站不起來，直到他跟師父道歉以後，才又恢復正常。」

諸如此類的傳言，在信眾中流傳，但究竟是真是假，沒人真正證實過。

雖然網路上許多人開始質疑水月會的資金來源多是民脂民膏、供養師父的資金用途很多疑問，但是針對這次的殺人案件，水月會的高層保持沉默，信徒們三緘其口。反對水月會的網友，也只是以「懷疑、可能、揣測」的筆觸當鍵盤柯南，編出許多不著邊際的故事。畢竟涉案的鄭騰慶在網路世界裡的資料實在少得可憐，也沒有他高額捐助基金會的紀錄，更不是基金會的所謂委員或是董事。當然，也有一些人抨擊警方不積極偵辦鄭騰慶母親的消失案，但既然缺乏積極證據，基金會又保持沉默，也就只能不了了之。蔡雨倫無奈的翻閱這些資料，覺得這些紀錄都是所謂無稽的宗教八卦，到法院後如何證明水月會與這個案件有關？

就在蔡雨倫百般苦惱的時候，又接到了魏信平的電話。他希望可以在開庭前跟她見面，有些資料要提供給她。事實上，蔡雨倫對於魏信平的行為實在無法理解，既然魏信平是水月會的高級幹部，已經位居榮譽董事與資深委員，她實在不知道為什麼魏信平要提供資料給她？但是既然有消息來源，蔡雨倫當然樂於跟他接觸，兩個人就約在先前見面的咖啡店。

「很高興再見到妳。」魏信平對蔡雨倫合什微笑，就像是一名得道的尊者，氣象雍容，神情鎮定。

「你說有些資料要提供給我，那是什麼資料？」蔡雨倫好奇的問。

「妳既然單刀直入，我就這麼回答妳了。」魏信平說：「這些資料都是師父神蹟作假的證據。包括我們如何找人來扮演信眾，故意挑戰師父的權威，再偽裝臣服於師父，以及許多病患透過師父治好的病歷資料。」

「這些資料看起來是不錯，也足以讓我寫一本書來毀滅水月會，」蔡雨倫無意識的翻著這些個人資料、收據與病歷等，「但是我不要這個，我要的是師父涉案的證據。況且你給我這些資料要做什麼？你不是水月會的高級幹部嗎？為什麼要提供給我對水月會不利的證據？」

魏信平還是保持優雅的笑容與儀態，似乎答案早已準備好。「因為我們許多董事覺得師父已經偏離原本的正道，因此我們希望透過妳的報導，可以讓師父知所進退。至於師父涉案的資料，坦白說，我沒有。但是我可以告訴妳，鄭騰慶非常仰慕與相信師父，因為鄭騰慶的母親得到癌症，已經是末期，師父在案發前一天，親筆為她抄寫了《藥師琉璃光如來本願功德經》，我也親眼看到師父傳授他往生咒的轉生祕法，這就是我那天急著去鄭騰慶家中帶回來的資料。我們動員了將近十個人，找了很久才找到。」

「什麼是轉生祕法？」蔡雨倫問。

「師父改寫了往生咒，可以讓重症病人起死回生。不過在我看來，就是江湖術士的把戲而已。」魏信平似笑非笑的說。「念一萬遍，就可以讓癌症腫瘤消失，妳相信嗎？」

「對於相信發大財的人來說，我覺得沒什麼他們不能信的。」蔡雨倫知道魏信平口中嘲弄的口吻，於是以相同的方式回應他。

「這就是我可以提供給妳的資料了，我會在審理庭那天陪同師父到場，也會在旁聽席當觀眾，聽你們怎麼說。」魏信平說。「這是我跟妳的交換條件，妳必須在法庭上拿出這些資料，證明她的神通都是裝神弄鬼。我會在法庭上肯定妳的說法，而且在日後接受妳新書的訪問。」

「很謝謝你的好意。」蔡雨倫不客氣的說。「但是我覺得你的行為，嗯，怎麼說？即使以寬鬆的角度來看待，應該可以稱得上是『背叛』，或者以武俠小說的包裝，叫做『欺師滅祖』，怎麼看都不屬於道德這一類的。」

「彼此彼此，妳覺得妳拿走我身上的名片是偶然嗎？在妳擔任記者的這一段時間內，也不怎麼光明正大吧？對我來說，我是為了水月會的存續，當一個組織走向極端的怪力亂神與個人崇拜，就是應該重整的時候了。我們得要走出沒有師父的水月會，不是嗎？」魏信平口中說出的言語，聽起來竟然言詞懇切、情意真摯。

「我無話可說。」蔡雨倫無奈的搖頭：「你覺得開心就好。不過，我可不想跟你並列，我認為我們的價值觀完全不同。」

「那就不再多言，我們開庭當天見。」魏信平不再爭辯，溫文有禮的向蔡雨倫道別。「好好利用妳手邊的資料，加油！」

目送魏信平離開，蔡雨倫突然覺得有些無力感。

＊＊＊＊＊＊

兩個月後，就是審理庭的正式開庭時間。在這段期間內，法院以急件的方式，要求台北市立聯合醫院松德院區對鄭騰慶進行精神鑑定，鑑定結果也已經出來。白正廷趕在開庭前，就已經向法院聲請閱卷，結果讓他大為振奮。這份北市醫松字第10806091234號函所附精神鑑定報告書鑑定報告中，最重要的內容是這樣的：

「受鑑定人自幼個性急躁衝動，不善與人相處，於十多年前起即逐漸有妄想經驗之形成，其後日漸系統化。精神病病理中以偏概全，無中生有之偏差認知形態，導致其妄想系統日漸複雜，其內容以相信神佛之信仰為主，多年來因其妄想之影響，生活受挫，多次興訟，但其主觀認為求助無門，走投無路，在其母親重病之際，相信只有依賴宗教療法方可得救。在其病態之邏輯思考及妄想之影響下，因而萌生犯意。於本次鑑定中，各項身體檢查及腦波檢查皆處於正常範圍，綜合其臨床表現及疾病史，應為一功能性精神病患者，雖無明顯幻聽經驗及怪異思考內容，但就其妄想之多樣性及思考形式之障礙，併其功能之減退，臨床診斷為妄想型精神分裂症。

「雖於犯案前，受鑑定人有能力充分計畫及準備，對犯案當時四周景物、行動及發生細節能充分知覺及回憶，然而其當時對所作所為，皆基於其固著之妄想經驗，長久以來，對外界事務之知覺理會及判斷作用，對於所接受訊息之解讀，對於周遭發生事務意涵之了解，深受其妄想系統及精神病病理左右。所謂知覺理會，乃不止於知覺外界事務而已，知覺理會之意，乃在於了解所知覺之事務其中之意義，而此一了解，影響其判斷能力及行為。由此觀之，受鑑定人之精神病理，未影響其一般之基本生活、記憶及感受能力，故能計畫，並詳述有關細節，然而此一基本能力之具備，並無涉及其對於周遭事務之解讀，已長期受精神病病理影響，而導致犯行。綜上所述，受鑑定人於案發時之精神狀態，應已達心神喪失之程度，因其個性急躁衝動，容易受人操弄，並且具有攻擊傾向，故必需置於相當之場所予以治療。」

白正廷看到這份報告後，鬆了一口氣，這也證明當初的辯護策略是正確的。但是他隨即收到檢方所寄出傳喚鑑定人的聲請狀，畢竟這份鑑定報告，對於檢方而言相當不利，只有傳喚鑑定人才能透過詰問的方式，理解這份報告的來龍去脈。而為了捍衛這份報告的正確性，他也決定聲請傳喚水月會的師父曹靖宇及蔡雨倫，透過證人的證述，應該可以加強這份報告的可信度。於此同時，夏青也在收到通知後去閱卷，得知結果後，立刻撥打電話給黃莉萍，畢竟對於被害人而言，這是相當不利的結果。

「鑑定報告的結果出來了。」夏青說。

「我知道，媒體已經有報導了。」黃莉萍意外的冷靜。「只是我不知道具體內容是什麼，但是看最後的鑑定結果，好像對我們不利，鑑定醫院認為，被告在案發時候的精神狀態已經達到心神喪失的程度。可是我不能理解，他明明看起來就很正常，為什麼鑑定報告的結果卻是他的精神狀況有問題？」

「因為鑑定人認為他在『犯罪』的『當下』妄想型的精神病發作，雖然對於日常生活的活動沒有影響，但是只要是犯罪當下有影響，那就構成心神喪失的條件。」針對這個問題，夏青也只能苦笑回應。

「所以接下來會發生什麼事？」黃莉萍問。

「嗯，接下來，檢方應該會質疑這份報告在本案中的適用。因為精神醫學裡的鑑定結論，在法院適用法律下判決時，不一定會採用。過去精神鑑定在司法上最有名的案例，就是北一女潑硫酸案，被告當時也有做精神鑑定，認定被告在犯罪之時已經達到心神喪失的程度，也就是對於犯行毫無知覺。但在纏訟五年之後，最後法院的見解還是推翻鑑定報告的結果，只有精神耗弱的程度，也就是認為被告犯罪當時只有辨識程度下降，但沒有完全失去知覺。雖然後來刑法第19條已經修改，但是大致上第1項與第2項的意思，大致上是指『心神喪失』與『精神耗弱』，只是為了配合精神科醫學上並沒有這種名詞，而把原來的名詞改為『辨識能力喪失』與『辨識能力顯著下降』而已。如果是辨識能力喪失，那就不罰；如果辨識能力顯著下降，那就是減刑。」因為專有名詞太多，夏青這段話講得非常緩慢。她知道黃莉萍聽得很仔細，而對於她在聽到這個消息後，仍然保持如此冷靜，夏青反而有些不適應。

「所以這份報告就是真相？這個殺害我孩子的凶手，因為辨識能力喪失，所以不用處罰？」黃莉萍再度向夏青確認這份鑑定報告的結論。

「目前看起來是如此。」夏青只能這樣回應。

「那麼水月會呢？他們完全不用負責嗎？他們在這裡的角色又是什麼？」黃莉萍向夏青質問，語氣難得出現比較急躁的反應。

「鑑定報告沒辦法表現出來這一部分，如果檢辯雙方有人願意傳喚證人，例如：水月會的師父，才能知道究竟發生什麼事情了。」夏青無奈的說。

「那麼我們呢？」黃莉萍有些生氣，「我們不能主動聲請傳喚證人？」

「是的，根據刑事訴訟法的規定，被害人確實只能透過檢察官在法庭上進行攻防，我們沒有訴訟上聲請傳喚證人的權利。」

「我不能贊同，但是我知道了。謝謝妳告訴我這些訊息。」黃莉萍的情緒迅速的平復下來，禮貌的掛上了電話。

接下來會是什麼狀況呢？夏青閉上了眼睛，她隱約覺得會發生什麼事，但卻抓不到正確的訊息，這樣的情況讓她非常不安。

CHAPTER

07

黑白講

時間是二月底，距離案發已經將近五個月之久，民眾卻沒有忘記這個案件。在審理當天，比起兩個月前的準備程序期日更加熱鬧。鑑定報告已經在先前就出爐，民眾都非常關心，法院會如何處理這份可以導致無罪判決的報告。另外，水月會的師父竟然要親自出庭，不論是平常篤信師父的信眾，或是嘲笑師父神通的民眾，都會覺得是千載難逢的機會。因此士林地方法院出現了難得一見的人潮，大約只有隔壁的百貨公司有週年慶時，差可比擬。領不到旁聽證的民眾，甚至在一旁破口大罵，希望可以候補進去現場。

這次的法庭配置有三名法官，分別是原本的受命法官廖芳儀、審判長與陪席法官。一般而言，程序由審判長主導，但是最清楚案件本質的人還是受命法官，至於陪席法官，只有在合議庭意見有分歧時，才會表示意見，否則原則上不會針對案件表態。承辦的審判長即將退休，他在法院已經有將近四十年的經歷，對於這種陣仗當然不會膽怯，但是其他兩位法官，都只有十年不到的審判經驗，因此對他們是不小的挑戰。在進法庭前，審判長老神在在對著廖芳儀說：「芳儀，我充分尊重妳的意見，裁判書由妳主筆，我只是主持程序而已，儘管以妳對於法律的認知與事實的判斷，做出最好的決定。」廖芳儀很感謝審判長的信任，也因此越發認為應該要依法裁判，而不是跟著社會的情緒下判決。

法庭被擠得水洩不通，滿滿都是旁聽的民眾，其中魏信平帶了好幾位水月會的幹部到場，包括黃莉萍、張品祥、蕭淑惠與夏青等告訴人或代理人到庭，自不在話下。應檢察官聲請，鑑定人也到庭準備接受詢問，記者蔡雨倫首度可以坐在證人席次上，覺得非常新鮮，但也覺得緊張。另一位證人，也就是水月會的師父，則是靜靜的坐在蔡雨倫旁邊，閉目養神，一言不發。白正廷則是坐在辯護席上，靜靜的翻閱鑑定報告內容。直到被告在進入法院，去除手銬腳鐐後，才低聲的跟被告確認鑑定內容。審判長簡單的做完人別訊問後，重複先前在準備程序中走過的程序，包括確認被告的身分、告知被告刑事訴訟法上的權利、詢問被告是否認罪等，大致上與先前都類似。接著，正式的證人交互詰問程序終於開始。

事實上，在決定要不要傳喚證人之前，審理庭曾經有一番爭論。很明顯的，白正廷傳喚這兩位證人，是為了加強鑑定報告的可信度，以證明被告確實受到宗教的影響過深，以致行凶當時處於心神喪失的情況。檢方第一時間知道這件事，就已經具狀反對，因此審理庭陷入兩難。不過，在廖芳儀的堅持下，審判長還是決定要傳喚兩名證人到庭作證。

「依照上次準備程序的筆錄，本件採隔離訊問。我們先傳喚蔡雨倫小姐，請證人上證人席次作證，並且請另一位證人曹靖宇先行到外面等候。」審判長慢條斯理的說。

曹靖宇就像優雅的貴婦一樣，不疾不徐的站起身來，在幾位保鏢的陪伴下走出法庭，蔡雨倫則是移動到證人席次上。通譯交給她一張證人結文，要她具結。每個法院的證人結文版本不一定相同，但大致上都是「今到庭為某案件作證，謹當據實陳述，並絕無匿、飾、增、減，如有虛偽陳述，願受偽證罪之處罰，謹此具結。」這種證人結文是否能讓證人在作證時不敢作偽證，不得而知，但對於大部分初次作證的「百姓」，只要在結文中提到偽證罪要處七年以下有期徒刑時，都會有些收斂。蔡雨倫對結文的內容並不陌生，畢竟她經常採訪法院現場，因此念起結文駕輕就熟，如果是一般人，恐怕就會結巴。

「請辯護人先行主詰問。」審判長說。

「請問證人，妳現在從事什麼工作？」白正廷問。

「我先前在水果日報上班，去年離職以後，現在是獨立記者，做社會新聞專題的調查訪問。」蔡雨倫說。

「請問證人，妳是否認識或知道水月基金會的成員？」白正廷問。事實上，這些題目都是蔡雨倫先前提供給他的情報。

「知道，在一〇七年十月十五日晚上，我透過管道知道被告的住址，於是想前往看看被告有沒有同居人，或許可以訪問到重要的訊息。但是到達現場以後，我看到幾個人正在被告家進出，好像在找些什麼文件。後來我才知道，是一本《藥師琉璃光如來本願功德經》。因為我想要知道到底是誰在破壞現場，我就藉機取得了其中某一個人的名片，才發現是基金會的人，而且是高級幹部。」

蔡雨倫講完這一段話後，現場一陣錯愕，因為這些訊息從來沒公開過。如果水月會竟然會派人到被告家中搜索，那麼水月會與被告的關係當然不言可喻。有幾個記者已經開始發稿，要網路媒體立刻下標搶獨家。

「後來妳有跟這位『高級幹部』接觸嗎？」白正廷明知故問。

「有。後來我想要潛入水月會去了解情況，但是被識破。當我逃離現場時，這位幹部有打電話給我，我們不僅見面，而且談了很多關於水月會的事情。」蔡雨倫回答。

「請證人說明這位『高級幹部』的姓名與職稱。」白正廷追問。

「魏信平，他是基金會的榮譽董事。」

魏信平的名字一出現在蔡雨倫的嘴裡，又再度引起騷動，畢竟魏信平是董事當中非常重要的幹部，可以說是師父的左右手。

「可否請證人描述你們談話的內容？」白正廷問。

「我們見過兩次，都在敦化南路的咖啡店裡。第一次，魏信平希望我可以不要再管這件事，並沒有談到什麼實質的話題。第二次，他告訴我基金會的董事長，也就是曹靖宇，或者是俗稱的師父水月大覺上人，曾經在案發前見過被告，並且送給他一本《藥師琉璃光如來本願功德經》，祝福他的媽媽身體健康。他就是奉曹靖宇的命令，去把這本經書取回來，因為上面有曹靖宇的署名。師父擔心，這件事情要是曝光，對於水月會的發展很不利。」

由於隔離訊問的原因，曹靖宇又是下一位證人，自然不會聽到這番對話。然而卻引起幾位水月會的信眾在旁聽席上鼓譟，審判長立刻制止，而且強調只要再次鬧事喧譁，就要把這些信眾趕出法庭外。魏信平坐在旁聽席上，雖然有少數人知道他就是那位證人口中的榮譽董事，但是他面色不改，還是笑嘻嘻的坐在位置上。

「庭上，我沒有問題了。」白正廷想把焦點放在曹靖宇，想快速結束這輪詰問。

「還有一些資料，我不知道該不該提出來。」蔡雨倫假裝有點遲疑，怯生生的詢問審判長。

就在白正廷不知道如何接話時，滿頭白髮的審判長笑著對她說：「這是法院，如果妳覺得對案情有幫助，都可以拿出來講。」

「好。」蔡雨倫從背包裡拿出一疊資料，「我要先聲明，這不是魏信平給我的資料，而是身為記者去調查訪問以後，所找出來的重要訊息，裡面全部都是曹靖宇在裝神弄鬼欺騙信徒的證據。事實上，我第一次進入他們的道場時，他們就有一套偵測系統，可以辨識人臉，所以我才會被發現的。」前半段她說得有些心虛，後半段倒是很理直氣壯，也為自己吐一口氣，因為這麼窩囊被祕密採訪的對象趕出門外，還是她記者生涯中的第一次。

這些話又再度引起爆炸性的反應，旁聽席上的信眾開始大聲咒罵蔡雨倫，即使態度和藹的審判長，也忍不住請法警把這幾個人趕出法庭，並且要求法警看管到證人訊問結束為止。魏信平還是不動如山，臉上保持慣有的微笑，對於正在發生的事情，彷彿事不關己。而在場的記者則是驚訝萬分，畢竟水月會的師父竟然毫無法力，而且付費教唆一些演員來擔任神蹟見證人，這可不是非同小可的事情。

白正廷聽到蔡雨倫竟然知道這麼多內幕，也覺得驚訝，看來她只有在偵查階段才是自己人，現在已經不把他當做合作的對象。從辯護人的角度來看，蔡雨倫所證述的內容，看來似乎與鄭騰慶沒有重大關連性。她確實是證實水月會與被告關係的重要關鍵證人，但是重點恐怕還是在曹靖宇本人。檢察官對於剛剛的詰問證述內容沒有意見，因此直接跟審判長表示：「檢察官沒有反詰問。」

審判長與受命法官短暫的交頭接耳後，決定請證人曹靖宇進入法庭。雖然剛剛審判長把幾位水月會的信徒驅趕出去，但是因為有法警看管，所以她並不知道發生什麼事。她在其他兩名高級幹部的簇擁下進入法庭，並且坐上證人席。審判長同樣告知她作證的義務，並且提醒她偽證罪會有七年以下有期徒刑的刑責後，客氣的詢問她要不要作證。有趣的是，曹靖宇一臉茫然的對審判長說：「其實我也不知道，我要作證的內容是什麼，不過你想問就問，我會據實以告。」

接著，審判長請她朗讀證人結文，擔保所說的話是事實，但是曹靖宇竟然固執的拒絕朗讀結文內容，更拒絕簽名。理由是她是佛祖的代言人，不需要透過結文才會說實話，這是凡人才會做的事情。審判長聽到她的說法後並不生氣，只是輕描淡寫的對曹靖宇這麼說：

「根據刑事訴訟法第193條的規定，如果無故拒絕具結，會被處以三萬元以下的罰鍰。我知道妳不在意錢，但是我會一直傳喚妳到庭作證，到後來可能浪費的是妳自己的時間。」

聽完審判長的話以後，曹靖宇嘆了一口氣，最終還是屈服世間的權威。面對司法，她現在的反抗行為就像是小丑一樣，只能任憑宰割。不過當她要朗讀結文時，審判長又慈祥的跟她提醒了一段話：

據刑事訴訟法第181條的規定，如果證人有可能因為自己的作證，導致自己、配偶、直系血親、三親等內之旁系血親、二親等內之姻親等，因此受到刑事追訴或處罰者，可以拒絕證言。簡單來說，就是因為等一下妳必須講實話，如果講實話會讓妳被司法單位追訴犯罪，妳是可以不要作證的，妳要想清楚再做決定。」

曹靖宇連想都沒想，直接說：「我又沒犯法，不用擔心這個問題，佛祖自有主張。你想問什麼就問。」接著一口氣就把證人結文念完。剛聽完蔡雨倫的作證，現場有不少人對於她這麼坦率的行為覺得很意外。

「這是辯護人傳喚的證人，所以請辯護人主詰問。」審判長沒再多說什麼。

「請問證人，妳擔任水月基金會董事長的時間大約有多久？」白正廷問。

「二〇〇九年到現在。」曹靖宇簡短的回答。

「妳是否認識被告鄭騰慶？」白正廷問。

「我知道他是水月會的信眾。因為他媽媽得了肺腺癌，現在已經是第三期，有透過董事來找過我，希望我可以請藥師琉璃佛幫忙。我拿了一本《藥師琉璃光如來本願功德經》送給他，這本經書在加持以後，只要助念四十九遍，就可以消災祈福。」曹靖宇的回答，看起來與蔡雨倫剛剛在庭上所陳述的內容相同。

「妳有跟被告提過生命轉化的概念嗎？」白正廷問。

「我跟每位信眾都有提過。」曹靖宇說：「生命轉化的概念，是指人在宇宙中，基於物質不滅定律，是可以不斷轉化為各種生命的意思。他是我的信眾，當然會知道水月會的核心思想。」

白正廷轉頭看了一下被告，被告低著頭，看不出來有什麼特別反應。

「你有告訴被告，人死了以後，也就是生命轉化，並不代表死亡嗎？」白正廷繼續追問。

「當然有。」曹靖宇理直氣壯：「就像輪迴的概念一樣，律師，難道你不相信因果報應與輪迴嗎？」

「證人不要反問我，我現在是在問妳。」白正廷覺得她的回答實在太過挑釁，於是決定直接挑戰最核心的問題。「所以妳有灌輸被告觀念，強調這是生命轉化，來拯救他母親的生命嗎？」

鄭騰慶坐在被告席上，聽到這個問題後，抬起頭來說：「沒有。」而曹靖宇也在同一時間講出同樣兩個字，審判長來不及阻止被告，但皺起了眉頭，「被告不要干擾證人的發言。」

白正廷定了一下神：「那麼請問證人，妳是否在案發當天，指示魏信平去被告家中取回《藥師琉璃光如來本願功德經》？」

曹靖宇一臉茫然：「取回這本經書的用意是什麼？我沒有必要這麼做。」

「再請問證人，妳是否在案發當天，指示妳的教眾，把被告的母親從家中帶走？」白正廷再追問。

「帶走被告的媽媽幹麼？她不是應該要好好養病嗎？」曹靖宇看起來還是一問三不知。

「最後一個問題，」白正廷決定把水月會與鑑定報告連結在一起：「請問證人，妳覺得被告有沒有可能受到水月會的影響，因此認為人不會死，只會生命轉化？」

檢察官立刻聲明異議，審判長示意證人不必回答。

「辯護人剛剛的問題是在詢問證人意見，而不是詢問證人親見親聞的事實。證人沒必要回答。」較為年長的檢察官說。

審判長點點頭：「證人不必回答辯護人的問題，請辯護人修正問題。」

白正廷知道這個問題一定會被異議，但是他原本就只是想要讓這個問題引起注意而已，所以沒預期證人會被允許回答，當然也不打算修正。他直接瀟灑的回答：「沒有問題了。」

「請檢察官行反詰問。」審判長說。

從曹靖宇的證詞來看，被告確實有受到水月會教義的影響，為了打擊證人證詞可信度，檢察官決定把剛剛蔡雨倫提供的資料做為證據。「請審判長提示證人蔡雨倫提供給法院的資料做為證據，並且提示給證人閱覽。請問證人，妳在水月會所為的這一切，包括分身、治病、辯論等，是不是都在欺騙信眾？」

聽到這個問題，曹靖宇才開始驚慌。她看著這些資料，只是不斷的重複這句話：「有叛徒，水月會有叛徒。」

「所以妳承認欺騙信眾斂財嗎？」檢察官不客氣的追問。

聽到這個問題，曹靖宇終於崩潰，趴在證人席上嘶吼：「這一切都是真的，千代野上人要我下凡濟世救人，這一切都是真的。」

蕭淑惠在現場聽到這些話，只覺得師父受到委屈，連忙遞給她一張紙巾。張品祥瞪了蕭淑惠一眼，大聲的對法官說：「我早就知道這些人是詐騙集團了。我也有證據要給法院，我老婆花了一堆錢給這個神棍，什麼也沒發生。她就是破壞我們家庭的人！」

看著曹靖宇已經無言以對，檢察官帥氣的說，「庭上沒有問題了。」

「檢座，你剛剛的問題其實與本案看起來是沒有關係的，證人本來就沒有必要回答你。他是不是有詐欺，是檢察署應該釐清的事情吧！」廖芳儀突然越過審判長插嘴，正色對檢察官說了這句話。審判長呵呵的笑，沒多說什麼，只是轉過頭去對白正廷說：「辯護人，你對於證人有沒有要進行覆主詰問？」

對於白正廷而言，剛剛證人所證述的內容並沒有殺傷力，重點還是在鑑定報告，而他對於水月會的內鬥並沒有任何興趣，既然證人已經可以證明，確實有灌輸被告這些宗教觀念，應該可以證實鑑定報告的可信度。於是他直接回答：「沒有」。黃莉萍卻在這個時候舉手，想要對證人發問，夏青根本來不及阻止。

廖芳儀看了黃莉萍一眼，然後冷冷的看著黃莉萍說：「告訴人不能行交互詰問，是專屬於法官、檢察官、辯護人與被告的權利，妳的大律師沒告訴妳嗎？」

「為什麼我不能詢問證人？」黃莉萍堅持一定要親自問證人。

「關於妳要問證人這件事，應該於法不合。」審判長慈祥的說：「妳要不要請檢察官幫忙妳詰問證人？」

「我不要。他根本問不出來我想要知道的事情。」黃莉萍回絕審判長的提議。

「妳想要知道什麼？」審判長問。

「我想詢問證人，被告堅持『生命轉化』不是殺人，但是有沒有跟被告提過，『生命轉化』可以救人？」

「生命轉化當然可以救人。」鄭騰慶喃喃自語，白正廷立刻阻止他說話。

「那我就代替妳來問證人吧！」審判長說：「本院補充訊問，證人有沒有跟被告提到過，生命轉化可以救人？」

「那是一種佛學思想，本來就可以救人，但是如果意思是指醫學上要把人救起來，那是科學的問題，不應該問我。」曹靖宇小心翼翼的回答。

「審判長，她並沒有回答我的問題。」黃莉萍急切的追問：「我想知道的是，她是不是曾經指示或暗示被告，可以用某些咒語，或是只要殺了誰，就可以延長媽媽的壽命？」

審判長正要欠身回答黃莉萍的時候，廖芳儀低聲的向審判長說了幾句話。

「你們在說什麼？幹麼這麼小聲說話？」黃莉萍顯現出前所未有的焦躁。「她為什麼不回答我的問題？」

「這位女士，」廖芳儀似乎有些動怒了：「審判長剛剛已經破例為了妳詰問證人。事實上，妳所想要了解的問題，剛剛被告的辯護人也已經詰問過，證人也已經給了答案，妳要看看嗎？」她立刻指示書記官把電腦螢幕的捲軸往上拉。

「我有看到。」黃莉萍說：「但這個答案不是我要的，她說沒有，這樣就是解答嗎？在法庭上誰會承認教唆殺人？」

看著這樣劍拔弩張的氣氛，夏青想要試圖說些什麼，但是黃莉萍的眼神阻止了她。

「這就是法院的交互詰問規則。」廖芳儀很快的整理了情緒，恢復剛剛冷漠的神態：「沒有證據，就不能漫無目的的詰問。」

「這樣法院如何找出真相？」黃莉萍雙眼直視廖芳儀：「妳告訴我，被害人不能參與程序，法院又有所謂詰問技巧與規則限制，證人一旦說沒有，你們也就只能算了，也不想辦法找出證人證詞的漏洞。一下子異議、一下子不能反詰問什麼的。請問各位法官，這是要被害人怎麼找出真相？」

「這個世界沒有真相。法院不是找出真相的地方，也不是尋求公平正義的場所。每個人都有他自以為的真相與正義，法院只是窮盡一切力量，透過既定的規則，找出平衡點，並且拼湊出人類各種視角的可能性而已。」廖芳儀一字一句的把她的想法告訴黃莉萍。

「那麼我拒絕參與這樣的鬧劇。」黃莉萍昂然起身：「你們只是想把程序走完，宣判一個人死刑而已，這件事一點意義也沒有。」說完，不管眾人的眼光，直接走出法庭，夏青竟然來不及阻止她。

審判長有些尷尬，看著下屬竟然與被害人在法庭上討論所謂「真相」與「公平正義」的概念，他只能盡量讓現場劍拔弩張的氣氛緩和些。「那麼緊張的交互詰問就到這裡結束。既然證人都已經交互詰問完畢，我們下一步的程序就是要詢問鑑定人。」

這時檢察官突然舉手：「審判長，根據蔡雨倫的供詞，當天晚上到被告家中的人，是水月會的榮譽董事魏信平。又根據曹靖宇剛剛的供詞，對於魏信平的行為，她毫不知情。檢方希望能夠在下次庭期傳喚魏信平到庭作證。」

「確實有調查的必要，因為兩個人的證詞有矛盾的地方。但是辯護人同意傳喚這位證人嗎？」審判長問。

聽到魏信平的名字，鄭騰慶震動了一下，白正廷注意到他的表情與肢體動作突然有些不正常。正當白正廷要表示意見時，旁聽席上的魏信平微笑著舉手。

「不用下次，這次我就可以出庭作證。」魏信平向審判長說。

不認識魏信平的旁聽席民眾、三位法官、檢察官、辯護人都很訝異，他竟然從頭到尾都坐在旁聽席上。看到這種情況，審判長與其他兩位法官交頭接耳後決定現在就以證人身分傳喚他，否則魏信平已經知道曹靖宇與蔡雨倫的作證內容，事後恐怕有機會與他的老闆串供。

審判長示意要魏信平坐到證人席，在確定他的身分後，同樣要他具結，並且提醒他關於偽證罪的問題，既然要作證，就要講實話，如果覺得自己的作證內容，會導致自己的犯罪行為曝光，可以拒絕作證。魏信平就像他的老闆一樣，爽朗的一口答應，一派輕鬆的坐在證人席上。

「請檢察官行主詰問。」審判長說。

「請問證人，你在水月會任職的時間有多久、職務為何？」檢察官問。

「從師父成立基金會開始，我就跟隨師父修行。」他掐指計算，「應該有二十年左右了。現在是水月基金會的榮譽董事與資深執行委員。」

「所以你在水月會是董事長的親信，也是重要的決策人士？」檢察官想要確定魏信平在基金會的地位。

「親信的定義不好說。」魏信平靦腆的回答：「但是可以說，師父就是我這二十年來學習與跟隨的對象。而且師父交代我的事情，我都會認真執行。」

「那麼你是否認識被告？」檢察官問。

「有看過這個人，但是不熟。他有拜託我介紹師父為他的媽媽祈福，因為他的媽媽重病。基於佛祖愛世人，莫忘世上苦人多的理由，我有介紹這位弟兄去謁見師父，師父還有贈送他一本《藥師琉璃光如來本願功德經》，並且親自為他簽名禱告。」

「你在教會這麼久的時間，有聽說過曹靖宇以『生命轉化』的概念教授信眾救人的方法嗎？」檢察官問。

「生命轉化是一種師父自創的佛學思想，但是我確實沒聽說過信徒用這種概念去救人或殺人。」魏信平說：「師父慈悲為懷，不可能教唆任何信眾殺人才能救人。」

白正廷發現，坐在他身邊的鄭騰慶，現在看起來坐立難安，這是先前詰問證人時，從來也沒有的現象。

「案發當天晚上，你有帶領教眾前往被告的家中，取走被告在水月會的活動紀錄，以及曹靖宇贈送給被告的《藥師琉璃光如來本願功德經》嗎？」檢察官問。

「有的。因為師父交代不能讓她與殺人犯的名字掛勾在一起，所以要我去把這本經書取回，同時也不能讓大家知道被告是水月會的信眾，以免水月會的名譽受到損害。」魏信平回答的非常誠懇，但是與曹靖宇的答案完全相反。

現場一片譁然，特別是曹靖宇的臉色非常難看，她不顧原本的貴婦形象，指著魏信平說：「你這個叛徒，沒有這件事，你胡說。」

只見魏信平取出一張字條，上面寫著：「請把物品取回」這幾個大字，然後署名是曹靖宇的法名，也就是水月大覺上人。曹靖宇看到後，臉色鐵青的脫口而出：「這張字條，是我要他去會計那裡取回金庫的私人印章。」

魏信平微笑的說：「師父，妳有私人金庫的事情，有必要在法院講出來嗎？我還是第一次知道有這件事。」

曹靖宇臉色慘白，喃喃自語說道：「叛徒，他說的話都不是真的。」

審判長要求魏信平把字條交給法院做為卷證資料的一部分。檢察官則是繼續追問他：「請問證人，水月會是否派人將被告的母親擄走？」

「沒有。」魏信平爽快的回答，沒有再多做解釋。

「沒有進一步問題了。」檢察官說。

在檢察官主詰問的過程中，白正廷發現鄭騰慶對於魏信平被詰問，比起其他人來，緊張許多。為了避免節外生枝，也擔心鄭騰慶在情緒不穩定下，又會說出什麼奇怪的話，他決定放棄反詰問。

接下來的程序平淡無奇了，鑑定人對於自己的專業相當有自信，也相信被告確實因為宗教與自身個性的影響，犯案當時應該有思覺失調的狀況，而且已達心神喪失的程度。在檢視完證據能力、並且讓檢辯雙方表示意見，最後進行量刑辯論後，審判長宣布辯論終結，將會在一個月後宣判。

CHAPTER 08

無名毒

判決當天，白正廷早早就到法院，對於記者的提問完全不予回答，並且與被告坐在法庭內等候聽判，夏青與張品祥、蕭淑惠還是以告訴代理人或告訴人的身分到場。法庭內外戒備森嚴，特別加派了五位法警在場戒護，以防有人鬧事。黃莉萍在辯論當天就失去聯繫，夏青怎麼聯絡都找不到她，彷彿從人間蒸發。早上九點三十分一到，三位法官魚貫進入法庭內，旁聽席滿滿都是人，緊張的等待判決結果。

滿頭白髮的審判長，一字一句的念出判決主文：

「鄭騰慶無罪，令入相當處所，施以監護伍年。扣案之刀械壹只，沒收。」在念完主文後，他又補充一句話：「被告既宣判無罪，應當庭釋放。」

審判長面無表情的念完後，轉身就與另外兩位法官離開，留下錯愕的人群。有個在現場的民眾高聲叫喊：「殺害小孩無罪？你們腦袋裝什麼？大便嗎？」法警立刻過去制止他，但是他的叫喊引起了其他人的呼應，紛紛大聲叫喊：「法官下臺、法官失職！」等，吵雜的聲量震耳欲聾。這個判決結果就像是炸藥一樣，不僅立刻沸騰了法庭內的所有人，也把這個社會的表面和諧炸開來。

與此同時，為了這個判決的發布，士林地方法院召開記者會，由法院發言人發布新聞稿，除了宣讀判決文之外，還詳細表述之所以判決無罪的理由。現場的記者莫不義憤填膺，因為殺害兩名無辜的幼童，竟然無罪，簡直天理不容。發言人不開放記者詢問任何問題，只是一字一句，把新聞稿照本宣科念完：

「按鑑定報告為形成法院心證之資料，雖對於法院之審判無拘束力，而待證事項雖經鑑定，法院仍應本於職權予以調查，以期發見事實之真相，鑑定報告經詰問鑑定人後，仍可做為判決之證據。按行為時因精神障礙或其他心智缺陷，致不能辨識其行為違法或欠缺依其辨識而行為之能力者，不罰，刑法第19條第1項定有明文。不能證明被告犯罪或其行為不罰者，應諭知無罪之判決，刑事訴訟法第301條第1項亦有明文。

「又刑法上之心神喪失與精神耗弱，應依行為時精神障礙程度之強弱而定，如行為時之精神，對於外界事務全然缺乏知覺理會及判斷作用，而無自由決定意思之能力者，為心神喪失；且刑法上所謂心神喪失人，非以其心神喪失狀態毫無間斷為必要，如果行為時確在心神喪失之中，即令其在事前事後偶回常態，仍不得謂非心神喪失人；而是否心神喪失，乃屬醫學上精神病科之專門學問，應由專門精神病醫學研究之人予以診查鑑定，方足斷定（最高法院二十六年渝上字第237號、二十四年上字第2844號、四十七年台上字

1253號判例參照）。

「經查，依據北市醫松字第1080609 1234號函所附精神鑑定報告書鑑定報告，及鑑定人於本院之專家證詞，並佐以證人曹靖宇、魏信平之證詞可稽，被告自幼個性急躁衝動，不善與人相處，於十多年前起即逐漸有妄想經驗之形成，其後日漸系統化。精神病病理中以偏概全，無中生有之偏差認知形態，導致其妄想系統日漸複雜，其內容以相信神佛之信仰為主，多年來因其妄想之影響，生活受挫，多次興訟，但其主觀認為求助無門，走投無路，在其母親重病之際，相信只有依賴宗教療法方可得救。在其病態之邏輯思考及妄想之影響下，因而萌生犯意。於本次鑑定中，各項身體檢查及腦波檢查皆處於正常範圍，綜合其臨床表現及疾病史，應為一功能性精神病患者，雖無明顯幻聽經驗及怪異思考內容，但就其妄想之多樣性及思考形式之障礙，併其功能之減退，臨床診斷為妄想型精神分裂症。

「雖於犯案前，受鑑定人有能力充分計畫及準備，對犯案當時四周景物、行動及發生細節能充分知覺及回憶，然而其當時對所作所為，皆基於其固著之妄想經驗，長久以來，對外界事務之知覺理會及判斷作用，對於所接受訊息之解讀，對於周遭發生事務意涵之了解，深受其妄想系統及精神病病理左右。由此觀之，受鑑定人之精神病理，未影響其一般之基本生活、記憶及感受能力，故能計畫，並詳述有關細節，然而此一基本能力之具備，並無涉及其對於周遭事務之解讀，已長期受精神病病理影響，而導致犯行。綜上所述，受鑑定人於案發時之精神狀態，應已達心神喪失之程度，因其個性急躁衝動，容易受人操弄，並且具有攻擊傾向，故必需置於相當之場所予以治療。

「被告於本件行為時，已因精神障礙，致不能辨識其行為違法，同時欠缺依其辨識而行為之能力，依刑法第19條第 1 項規定不罰。揆諸首揭法條規定及判例意旨，本件被告行為不罰，應諭知無罪判決。」

白正廷興奮的擁抱鄭騰慶，這應該是他進入司法界以來，最令他驕傲的一刻。不過對於這樣的勝利，鄭騰慶似乎有些困惑，看不出有任何激動或是開心的情緒，甚至有些冷漠，只是被動的被白正廷擁抱。夏青皺著眉頭，她在意的事情已經不是無罪或死刑，而是黃莉萍的下落。在那天辯論之後，黃莉萍的手機就暫停使用，她幾次到黃莉萍的家裡，也總是燈光昏暗，看不出有任何人在家。蕭淑惠還是一貫的掩面哭泣，但是張品祥可沒這麼客氣，立刻把手邊的保特瓶往審判臺上丟擲，雖然沒丟到任何一個法官，但隨即被法警壓制。張品祥被壓制在地上時，猶自忿忿不平的叫喊：「我會給你們好看！給我記住！」

士林地方檢察署也發出新聞稿，襄閱主任檢察官親自上火線回應，新聞稿的內容如下：

「針對今日臺灣士林地方法院就本署起訴之被告鄭騰慶涉嫌殺人罪嫌一案（下稱鄭騰慶殺人案）判決無罪之結果，本署深表訝異與遺憾，目前檢察官雖然尚未收受該判決正本，惟本署認為判決結果顯然悖離本署認定之犯罪事實甚多，且論理用法亦有違誤之處，以精神鑑定報告為判決依據，更屬無稽，因此一定會提起上訴。本署也會在收到判決正本之後，針對法官之無罪理由，在上訴書內一一詳細回應。

「本署偵辦重大社會治安案件一向不遺餘力，並且均積極調查蒐集被告之不法事證，以讓法院能迅速定罪，本件鄭騰慶殺人案雖經一審判決無罪，但本署認為原審法院認事用法既然有違背論理法則及經驗法則之不當，更與本署所提出之相關證據資料不符，將於上訴理由內更為詳盡之說理，請求二審法院撤銷原審判決不當之判決，改判被告等人有罪，罰當其罪、彰顯正義，為維護社會治安盡最後一道把關的責任。另水月會領導人曹靖宇女士涉嫌詐欺及湮滅證據一事，已由本署交由檢察官積極偵辦中，當毋縱毋枉，亦請民眾安心。」

這張不痛不癢的新聞稿，並沒有平息社會的怒氣，反而激起更多人呼籲要司法改革。對於審理的三位法官來說，承受的壓力更大，報紙社論還以「三口法官」為名，批判總統在司法改革上完全沒有進展。那麼什麼是「三口法官」呢？這是司法界長久以來被批評的缺憾，有人認為，年輕法官沒經驗，根本不懂人情世故，如何判案？因為這些年輕法官只會念書，從出生到當法官，只會出現在三個口：家門口、校門口、法院門口。所以司法界不該讓這些年輕法官斷人生死，免得有罪不罰、無罪冤抑。

除了這些嘲諷外，坊間流言更多。審判長在審理完本件案件後，本有打算退休轉任律師，律師公會已經放話，將要嚴加審查，不會讓「法院退休汰換的不良品進入律師界」。但是除了律師公會以外，所有的砲火幾乎都集中在廖芳儀身上，因為不斷有「司法黑幕」的小道消息傳出，本件無罪判決，是由廖芳儀所主導。陪席法官即使希望廖芳儀可以考慮社會氛圍與被告犯行的殘忍，而予以判處死刑，但廖芳儀卻堅持所謂「依法處理」，才會有這樣的判決云云。從判決出爐以後，士林地方法院就同意廖芳儀請假，也謝絕其他的採訪，試圖讓社會氛圍回復平靜。廖芳儀則是自請司法官評鑑，並且在評鑑期間請假，以表示自己對於這件案件負責。無論如何，這場訴訟至少造成了一個被告無罪、兩個家庭的破碎、三個法官被社會譴責，對於全國民眾來說，無疑是很難弭平的傷害。

鄭騰慶在無罪釋放後，法院考量到他的人身安全，由白正廷開車送他回家。即使勝訴，白正廷知道檢方必然上訴，因此在一路上不斷跟鄭騰慶說明地方法院判決的理由，以及檢察官上訴的可能性。鄭騰慶一言不發，也看不出有任何喜悅的表情，只是冷漠的看著車外。白正廷忍不住問了他：「你到底知不知道，你現在已經暫時自由，這是一件多不容易的事情？」

鄭騰慶並沒有直接回應白正廷的問題，而是問了他一句：「你是不是覺得我有精神病？」

白正廷聽了這句話，心中覺得詫異，畢竟這是他在自由以後，第一次可以跟他在私人空間裡的對話，但沒想到竟然是問這個問題。此時不知為何，白正廷滑稽的想到一部一九九六年上映的美國電影《驚悚》（*Primal Fear*），該不會他在犯案時，根本沒有心神喪失的情況，精神鑑定結果是錯誤的。

鄭騰慶見白正廷沒有回答，自顧自的繼續往下說：「你知道我大學有念過一點哲學吧？我當時對於六道輪迴就很有興趣，而且在接觸到水月會的宗教觀念後，覺得自己的視野擴充了很多。你不要以為我只是一個會殺害小孩的壞人，我也念過一點書。」

白正廷覺得啼笑皆非。「我沒有覺得你是一個什麼樣的人，我只知道要根據法律好好的幫你打贏這場官司。我從你跟檢察官的對話中，就知道你對於宗教有些理解與興趣，可惜那是一種異端偏見，才會導致你做出這些可怕的事情來。」

鄭騰慶乾笑了一下：「在一般人看來，這確實是可怕的事。但是我相信師父，這確實是一種生命轉化的型態而已，他們並沒有死，只是到藥師佛菩薩前修行而已。況且這對於我媽媽的病情會有很大的幫助，如果你們真的無法理解，也覺得我該死，我也認了。」

白正廷對於鄭騰慶一再強調生命轉化的「哲學」，縱然是他的辯護人，還是不能接受。白正廷用手指輕輕敲著駕駛盤：「所以你的信仰可以不惜犧牲別人的生命？」還沒說完，鄭騰慶立刻不耐煩的說：「我已經說過了，這不是殺人，這是一種生命不同型態的變換！」

車內的氣氛有些詭譎，於是白正廷試圖轉換另一個話題：「好，先不談這個。所以你跟你媽的感情很好？」

談到母親，鄭騰慶的眼神立刻變得柔和，他輕聲的對著白正廷說：「媽媽在我小時候，獨自扶養我長大。我現在能有的一切，包括生命，都是她給我的。我記得有一次我生病，發燒、嘔吐很久都沒好，醫生也找不出原因。她聽說有一個偏方可以讓我的病情好轉，就把她自己的肉割下來，煮了肉湯給我喝。幾天以後，我的病就好轉了。你想，她都能為我付出這麼多了，我就算因為這樣被判死刑，那也是應該的。只要她的身體可以好轉，我什麼都願意做。」

白正廷聽到這段話，心中駭然，原來他與媽媽之間的感情這麼深厚。不過，鄭媽媽的病情很難好轉，白正廷當然更不會相信那一套無稽之談。如果未來鄭媽媽的狀況還是一樣，甚至過世，他會做出什麼樣的激烈行為，白正廷還真的不敢想。車子很快就到鄭騰慶家，趁著媒體還沒到，白正廷吩咐他上樓，而且要他不要接受任何媒體的訪問。

「我明天會再來看你，不要亂跑。很快就要開庭了，知道嗎？」白正廷像是叮嚀小孩一樣的跟他說。

鄭騰慶點點頭：「該做的我都已經做了，我相信師父會治好媽媽的。」聽到這句話，白正廷放心的離開了鄭家，鄭騰慶把門關上，打了通電話回石門老家：「媽。我是阿慶。我回來了，您身體有沒有好一點。」

電話那頭是個陌生的聲音，鄭騰慶有些訝異，但還是耐心的聽下去。只見他不斷的點頭說好，臉色凝重，最後一段話是：「好，我會在家裡等你，一切就拜託你了。」兩個小時後，一個陌生人跟鄭媽媽閃過了等候在正門口的媒體，從後門進入鄭騰慶家。十五分鐘後，他們三個人從後門偷偷溜出去，就像是夜色吞噬了他們一樣。

第二天中午，媒體已經等候了一晚，穿過幾個想要試圖闖入家中採訪的記者，白正廷到了鄭騰慶家中，無論他怎麼按門鈴，就是沒有人應門。到了傍晚，媒體少了一些，他又再來一次，家裡一片漆黑。就在他焦急得不知如何是好的時候，蔡雨倫到了鄭家，想要試圖採訪他，一樣不得其門而入。鄭騰慶就這麼消失了。這是他們兩個人共同的結論，但是他究竟去哪裡、被誰帶走？沒有人知道。

＊＊＊＊＊

事實上，關於鄭媽媽的病情，師父應該沒辦法回應鄭騰慶的期待，因為在這場審判以後，水月會的內鬥，正式搬上檯面。自從魏信平出庭作證，曹靖宇與他之間的矛盾衝突程度越來越高，多數信徒保持沉默，但也有少數信徒站出來力挺師父，只是對於高層究竟發生什麼事，他們還在五里霧中。不過檯面下的鬥爭已經開始，在出庭作證那天之後，魏信平就已經邀集董事會連署，罷免曹靖宇的基金會董事長職務。就水月會的組織章程來說，只要有四名董事同意，就可以罷免董事長。而董事會的時間業已確定，目前魏信平已經順利取得包括他自己三票的實力，只要再一票就能過半。

因此，理論上，曹靖宇不應該在這時候見蕭淑惠，而是應該去遊說另一位立場保持中立的董事。況且即使在案件審理過程中，曹靖宇已經知道，蕭淑惠是自己的信眾，也是這個案件的受害人，在案件發生之前，曹靖宇只有模糊的印象見過她幾次。只是曹靖宇非得要見蕭淑惠不可，原因在於「神蹟」。如果可以靠她展現「實力」，那麼即將而來的董事長保衛戰，就會獲得廣大信徒的支持，至少那一位中立的董事就有可能支持曹靖宇。所以在判決第二天，曹靖宇就找了蕭淑惠到辦公室來，而平常蕭淑惠根本沒有機會進入師父的「聖殿」。

所謂「聖殿」，是信徒對於師父修行場所的尊稱，位於水月大樓的頂樓，聖殿的裝飾全部由黃金打造，因此平時戒備森嚴，而且有獨立的電梯與保全，平常只有執行委員或董事才能進入。蕭淑惠只是新進的培訓委員，當然無緣進入聖殿聆聽師父教誨。在接獲師父的祕書電話時，她還以為是一場惡作劇，特別是無罪判決的打擊，對於她來說實在太大，不敢相信自己會有這種好運氣。對於水月會的內鬥，她在開庭當天已經有感受，只是還在喪子之痛中，她實在無暇關注。師父祕書告訴她，會有方法保有她的婚姻，於是她立刻答允師父約見，希望至少還能維繫這段感情。透過重重的身分查驗與保全措施，蕭淑惠在祕書的陪同下，見到了所謂的「師父」。

「師父，我覺得很委屈。」蕭淑惠一見到師父，立刻淚流滿面，下跪請託。

曹靖宇在作證後就深居簡出，已經很久沒有遇到信徒對她行大禮，感動的立刻扶起蕭淑惠，像是安慰自己女兒一樣，把蕭淑惠擁入懷裡。

「孩子走了，我知道妳很難過。不過師父有感應，佛祖已經把他接引到身邊了。」曹靖宇輕輕的對她說。她的背後是千代野比丘尼的畫像。

「真的嗎？」蕭淑惠抬起頭來，臉上還有淚痕。

「當然，我可以召喚他跟妳聊聊。」曹靖宇點點頭。

蕭淑惠又驚又喜：「太好了，謝謝師父給我福報。」

曹靖宇閉上眼睛，喃喃自語，約莫隔了漫長的三分鐘，突然聲調轉為稚嫩。聽起來還是曹靖宇的聲音，但語氣完全不同。

「媽咪，我好想妳。」曹靖宇對著蕭淑惠輕聲細語的說，表情轉為很柔和。「我是小寶，現在師父幫我安排在佛祖身邊，我過得很開心。」

蕭淑惠有些不敢相信，但是「小寶」確實是只有她跟兒子知道的小名，她又開始流淚，一句話也說不出口。

「媽咪，去年我跟爸爸去墾丁，妳沒有一起來，那時候一直很想妳，可是爸爸當時有帶一個阿姨，他跟我說不能跟妳說，不然以後就不帶我去玩了。那個阿姨長得很像琳達姐姐，對我也很好，可是我還是比較愛妳。我不要爸爸跟她在一起，我們以後再一起出去玩，好不好？」

蕭淑惠聽了嚎啕大哭，這些事情只有她才知道，之前她回娘家處理兄弟的事情，老公跟她說要帶孩子去南部玩三天，那就是第一次她開始懷疑老公可能有外遇的時候。而且「琳達姐姐」就是這個孩子的堂姐，無論如何，她從來沒跟教會的人談過這件事，師父的神通應該是真的了。她激動得跪下來，對著孩子說：「好、好、好，媽媽答應你，你要跟佛祖好好修行，以後再來當我的孩子。」

「還有，妳不要跟爸爸吵架了，我不要妳跟爸爸離婚。我已經跟佛祖拜託，她會讓師父幫妳處理離婚的事情，法官一定會判妳贏的。」曹靖宇繼續以詭異的童音說著話。

「好、好，媽媽知道，我會全心拜託師父處理的。你要聽話、你要乖。」蕭淑惠連聲說。

曹靖宇突然長長的吐了一口氣，然後對著蕭淑惠說：「他走了，佛祖要他去幫忙做事。」

蕭淑惠感激的點點頭：「謝謝師父。」

「我剛剛有把這段影片錄下來，會放在水月會的網站上。至於離婚的問題，我已經拜託佛祖轉知月下老人，神明們會幫忙的，下次開庭就會有效。」曹靖宇說。「妳知道的，最近要改選董事長，我希望妳可以影響一些董事，否則師父就沒辦法再為教會的兄弟姊妹服務了。」

「我知道，這一切都是魏信平這個叛徒造成的。他背叛師父，真的很過分。」蕭淑惠很同情的看著曹靖宇。「我會盡我的力量幫助師父。」

「如果魏董事不在，那就好了。」曹靖宇有些虛弱的跌坐在椅子上。「好了，師父作法很累，妳先退下吧！如果沒有魏信平搗亂，師父就可以專心的幫妳把離婚官司打好。妳現在先把這張符咒拿回去，明天早上六點十六分的時候把它燒掉，然後放入陰陽水中喝下去。」

「這有什麼功用呢？」蕭淑惠問。

「這是和合符，師父跟佛祖請示後開的。」曹靖宇說：「而且小寶告訴我，為了這個董事長的位置，魏信平才會教唆凶手對他動手。他就是不能接受妳跟師父太好。」

「不可能吧？」蕭淑惠張大了嘴，「師兄有這麼可怕嗎？」

曹靖宇拿起了青花瓷茶杯，輕輕的啜了一口。「不然他為什麼那天晚上會到凶手家裡，急著要湮滅證據呢？」

這句話徹底的打動了蕭淑惠，她一句話都說不出口，想到自己的寶貝竟然被莫名其妙的殺害，凶手判決無罪，而且竟然是自己的同門師兄，為了看不慣她跟師父太要好而殺害孩子，她太震驚了。

「沒關係，師父會讓他有報應的，妳千萬不要自己對他報仇，佛祖不喜歡這樣的事情。」曹靖宇說。

蕭淑惠已經說不出話來，只能點點頭，但是心中的無名毒，已經慢慢的滲出。

祕書送走蕭淑惠後，曹靖宇立刻請祕書把這次的錄影放在水月會的網站上。她打開抽屜，把張品祥與第三者的社交網站貼文影印本放入碎紙機，然後轉頭跟祕書說：「這次的資訊蒐集做得很好，她老公與第三者的交往也實在太高調，把小孩帶出去也就算了，竟然還貼在臉書上。」

「這是師父的比對工夫好。」祕書謙虛的說：「畢竟張品祥的臉書上，只有鑿丁的打卡而已，您是比對出來了第三者的ＩＤ才知道的。」

「那就看蕭淑惠為了這個婚姻，還有她死去的孩子，會做出什麼事了。」曹靖宇對於放出去的無名惡毒，感覺很良好。

＊＊＊＊＊

夏青並不知道黃莉萍對於判決的感想，因為從審理當天開始，夏青就聯絡不上黃莉萍，而且在稍後收到她的解除委任狀，狀紙上的理由很有意思，擺明要給法院難看：「因審理法官不願意發現真實，告訴人不能再信任司法，再委任律師亦只有浪費司法資源，是以向鈞院表示解除委任之意。」解除委任狀寫得尖酸，但律師費則是付得乾脆。夏青看到這筆錢入帳，只想苦笑，因為對夏青而言，被這麼解除委任還是第一次。不過，在判決以後，夏青還是想要去看看她，畢竟斷了聯絡，還是很不尋常。於是在判決書公布以後，她帶了相關資料，到了黃莉萍的住所，想跟她聊聊。沒想到大門深鎖，而且門口還掛著「吉屋出售」的招牌。夏青急忙打去招牌上的電話，希望能得到些許的訊息，但是只得到仲介為難的回應：「屋主完全授權我們處理，連價錢都隨便，只要有人買就好。妳想知道屋主在哪？不好意思，因為這涉及到個人資料保護法的規定，不能跟妳說。」

夏青悻悻然的掛上電話，仲介確實有理由不告訴她賣方的個人資訊。她想，既然當事人不願意再跟她見面，那也只能等到檢察官上訴以後，或許她會以證人身分再度出庭，那時候就可以好好再跟她聊聊，她總覺得黃莉萍就這麼消失了，透露了不少古怪。再隔了幾天，夏青經過她的住所，發現委託仲介出售的招牌已經悄悄卸下，門內傳來孩子嬉鬧的聲音，以及陣陣的飯菜香，看來已經換了主人，房子順利的出售，而黃莉萍就像人間蒸發一樣，再也找不到她。不久，夏青的事務所接到一張明信片，上面沒有署名，但是字跡清秀，只寫了幾個字：「謝謝妳的幫忙。」郵戳的位置是在南投仁愛鄉的郵局。她想，或許黃莉萍回去老家療傷了，希望她一切都好。她把明信片妥善的收進抽屜的鐵盒裡，這個鐵盒，她稱之為「記憶之盒」，只要是當事人送給她的小禮物，都會放進這個盒子裡。也就是這個時候，祕書撥了內線電話進來：「老闆，有位記者想要見妳。」祕書說。

「記者？今天有這個約嗎？」夏青皺了眉頭，她向來不喜歡與記者打交道。

「沒有。她是臨時過來的，名字叫做蔡雨倫。」祕書說。

「我知道她。」夏青點點頭：「請她到會議室去，我馬上就到。」

夏青走進會議室時，只看到蔡雨倫一臉焦慮。她直覺應該是發生什麼事情了，於是問她：「是不是有什麼新的狀況發生？」

「鄭騰慶不見了。」蔡雨倫憤怒的說：「他自從那天無罪釋放後，白正廷就聯繫不上他。我去問了水月會的魏信平，他也一臉茫然，聲稱完全不知情。」

「妳怎麼能相信魏信平？」夏青不開心的說：「他明明就是為了水月會的內鬥才惹出這麼多事情來。妳被他利用了，妳不知道嗎？」

「我不覺得這是利用。真要說利用，也是彼此互利。至於我為什麼相信他，是因為他告訴我一個天大的祕密。」蔡雨倫靠近夏青，貼在耳邊對她說：「鄭騰慶的媽媽原來一直都在水月會的淡水招待所，並且在判決後就被放出來了。」

「什麼意思？」夏青有些驚訝。「所以傳聞中，鄭媽媽被水月會的人帶走這件事是真的？」

「對。」蔡雨倫小聲的說：「根據魏信平告訴我的消息，是因為擔心鄭騰慶的情緒失控，而且當時有答應他，會好好治療媽媽的癌症，所以才會把鄭媽媽帶走。據說她的病情並沒有改善，已經從第三期惡化到第四期。在鄭騰慶被起訴後，水月會就把她送回老家休養。」

「所以現在鄭騰慶既然無罪，應該回去老家照顧他媽媽了？」夏青問。

「並沒有。根據我去訪查鄰居的結果，起訴後，到判決當天為止，都還有看到鄭媽媽在門口跟鄰居打招呼，但是當媒體在判決隔天早上蜂擁到石門的時候，鄭媽媽就找不到人，顯然前一天就已經不見了。我問過魏信平，他告訴我，這件事與水月會無關。」蔡雨倫停頓了一下。「奇怪的是，判決當天晚上我就去過鄭騰慶的住所找他，想要跟他聊聊，卻怎麼也聯繫不到他，只見到白正廷在焦急的找他。」

「所以事實是魏信平教唆鄭騰慶去殺人治病嗎？」夏青有些憤怒。如果事實真是如此，這無疑是一場利用鄭騰慶去殺害無辜的孩子，來進行水月會高層鬥爭的遊戲。「魏信平告訴鄭騰慶，殺人可以治療他母親的病症，然後引誘鄭騰慶去殺害無辜的孩子，並且陷害他的老闆，當沒有利用價值後，就把鄭媽媽丟回老家，這一切都是魏信平的策略？」

「我不確定魏信平到底有沒有教唆鄭騰慶去做這件事，但是我可以肯定，魏信平與這件事情應該有關連，否則他也不會當天晚上就冒著危險去取走那本經書，更不會把鄭媽媽帶走。」蔡雨倫說。

「那麼現在鄭騰慶與他媽媽到底去哪裡了？」夏青自言自語的問。

「不知道，即使是白正廷也沒有任何頭緒。」蔡雨倫無奈的說：「我只是要提醒妳，鄭騰慶是個很可怕的人，如果他媽媽真的過世了，他會做出什麼事，沒有人知道。」

「那妳告訴我這些事情的用意是什麼？」夏青好奇的問。

「因為我想要訪問黃莉萍，也希望可以跟妳交換情報。但是在判決後，我去過黃莉萍的家，同樣找不到她。」蔡雨倫有點扭捏，因為意圖被識破。

「我也不知道。」夏青嘆了口氣：「事件相關的失蹤人口越來越多，已經有三個人不見。看來這件事情並沒有結束，而是真正惡夢的開始。」

「這些失蹤案件，會跟黃莉萍有關嗎？」蔡雨倫突發奇想問了夏青。「會不會是她幹的？」

夏青啞然失笑，覺得很荒謬，開玩笑的對蔡雨倫說：「要做這種事，應該是張品祥比較有可能吧？」不過即使夏青認為這些消失事件只是湊巧，與黃莉萍無關，但是在送走蔡雨倫後，她還是決定撥打電話給潘志明，希望他可以幫她找出黃莉萍，所有的怪事，似乎是從黃莉萍消失之後開始的。她在抽屜裡找出潘志明的名片，沒多久他就接起電話，聲音雖然還是很有精神，但聽得出來已經有些沙啞。

「潘偵查佐，我是夏青律師，請問方便說話嗎？」

「是，夏律師。有什麼事情是我可以協助的嗎？」

「你知道鄭騰慶這個案子的判決結果出來了，結果是無罪。」夏青說。

「我知道，這個判決太瞎了。」潘志明忿忿不平的說：「殺人無罪？我實在不懂你們這些所謂法律人的邏輯。我覺得喔……」

夏青知道他接下來可能會發表一萬字的評論，於是當下阻止他繼續說下去。「潘警官，以下跟你說的事情很嚴肅，請你務必保密。被害人黃莉萍，在辯論終結前就已經失聯，鄭騰慶在判決結果出來後無保釋放，第二天同樣消失了，他媽媽也是。」電話的另一頭沒有說話，似乎也覺得這樣的情況太少見。

「我隱約覺得他們的失蹤有些詭異，你能幫我找找黃莉萍現在有可能在哪裡嗎？」夏青問。

「我又不是尋人專家，這個沒辦法。」潘志明說：「而且就算我可以透過警政查詢系統去找，也不能給妳任何訊息，否則也會違反個人資料保護法的規定。不過妳是黃莉萍的律師，應該有她的個人資料吧！」

「我只有她委任我的台北住址。」夏青的腦袋不停的轉著，「等等，我似乎有她委任時，交給我的身分證影本，我去找找看，上面應該有她的戶籍住址。」

「總算不是大海撈針了。我也認為這件事越來越神祕，或許黃莉萍在這些連續失蹤的案件裡，真的扮演了某些角色。」潘志明說。

「有什麼新的消息，我們保持聯繫。」夏青急著把電話掛斷，希望能找到黃莉萍的個人資料。

掛斷電話後，她果然在檔案夾裡發現當初影印下來的身分證，上面顯示了黃莉萍先前的戶籍住址，是在南投仁愛鄉。夏青決定親自到那裡一趟，或許可以找到一些蛛絲馬跡。

CHAPTER

09

神的孩子在跳舞

士林地院的判決引起了社會上一片譁然，但是對於廖芳儀來說，她一點也不後悔下了這個判決，因為依法審理是她的信念，既然從精神鑑定報告來看，他在行為時的控制能力已經喪失，依照刑法第19條，她當然也只能做這個無罪的決定。況且她非常不能接受審判長在評議時對她「提點」的那番話：

「芳儀，妳要知道這個決定肯定會引起很大的公憤，甚至會翻了整個社會。我已經要退休了，這個無罪的判決對我來說，傷害不會太大。就算『暫時』被社會輿論抨擊，台灣人也是健忘的，很快就會忘記這件事。可是你還有美好的未來，有必要為院裡的長官帶來這麼大的麻煩嗎？」審判長慈祥的提醒她。

陪席法官在一旁默不作聲，但是臉色很不以為然，當然是對廖芳儀，而不是對審判長。

「可是如果鑑定報告是這樣，而且從客觀事證來看，他確實沉溺於信仰之中，根本不認為殺人是不對的。」廖芳儀認真的說：「行為時因精神障礙或其他心智缺陷，致不能辨識其行為違法或欠缺依其辨識而行為之能力者，不罰。行為時因前項之原因，致其辨識行為違法或依其辨識而行為之能力，顯著減低者，得減輕其刑，我剛剛念的這串條文，是刑法第19條的規定。既然有這樣的法律規定，又有相關的事證，我們就應該判處無罪，這是我從以前到現在所學的刑法觀念，應該沒有修正吧？」

審判長看著這個愛徒，苦笑著說：「芳儀，我知道妳的意思。但是從刑法第19條實行以來，很少有法官願意引用這個條文的第1項來宣判無罪，最多就是引用第2項，認為他有顯著降低的情況而因此減刑而已。有必要引用第一項的規定嗎？」

「司法就是這樣，才不能贏得人民的尊敬。」廖芳儀不以為然：「該怎麼判決就依法處理，法官不應該受到輿論的影響，這是我一向的信仰。」

「司法不能贏得人民的信任，是因為贏的人會覺得理所當然，輸的人會怨恨司法不公，所以司法的信任度，永遠低於百分之五十。畢竟有哪個打官司的人，在打輸了以後，會承認自己沒有道理呢？你難道沒聽說過：『有罪之人，皆稱無辜』這句古諺嗎？」審判長仍然試圖改變她的想法：「司法改革，很多時候是走二步退一步的，法律的基礎，來自於真實，不來自於邏輯。」

「是的。但是我認為，司法必須要依據事實與法律來做成判決。就本件犯罪事實而言，被告確實可惡，也罪無可逭，但是我還是堅持應該依法給予無罪判決。這與司法信賴度並沒有關係，相反的，只有法官堅定的信仰法律，不管外界評價，才是真正的司法獨立，否則讓民眾投票來決定有罪與否，不是更快嗎？」廖芳儀堅定的說。

陪席法官忍不住插嘴：「可是學姐，我真的認為這樣的判決不妥，會引起重大的社會紛爭，而且也無法平息社會的不安。」

「死刑就可以嗎？」廖芳儀反脣相譏：「那麼把罪犯全部殺光，應該是促使社會進步最快的做法。」

較為資淺的陪席法官被廖芳儀搶白一頓，臉頓時一陣青一陣白。只能不高興的說：「那投票吧？」

評議結果出乎廖芳儀的意料之外，二比一，審判長是支持她的。

「謝謝審判長的支持。」廖芳儀感激的說。

「我也想知道，依法處理的判決會引起社會什麼樣的反應。我知道有爭議，但是刑法的無罪推定原則，我還知道。」審判長苦笑：「只是後果就要由妳承擔了。」

廖芳儀想到這一段評議的過程，就覺得審判長真是有先見之明，因為她確實已經開始承擔。在判決公布的前一天，院長知道結果後，就要她注意社會觀感。而判決公布當天，院長索性直接約談她，要她先請假休息，接著繼續請育嬰假。關於她承辦的其他案件，會請同事幫忙。聽到勸退的當下，她有些不能諒解，但是想到原本她就想要請假，也就比較釋懷。第二天開始，她就回到溫暖的家中，同時把保姆辭退，開始準備為人母的平凡生活。

「老婆，從現在開始，就是由我賺錢、妳養家了。」廖芳儀的老公俏皮的說。

「不得上訴。」廖芳儀臉上泛著甜蜜的笑容，他們的女兒，彷彿也感染了這樣的氣氛，安心的在搖籃裡睡覺。

廖芳儀的老公在廖媽媽的公司上班，當年他們認識就是因為母親的介紹。就人品、長相與工作來說，他幾乎無可挑剔，母親也對他讚不絕口。唯一的問題可能就是沒有主見，家裡的大小事，其實都由廖芳儀一手操辦與決定。除了這個「缺點」，在眾人眼裡，他已經是萬中選一的好丈夫與好女婿。這次廖芳儀決定要請育嬰假，他當然全力支持，希望她可以在工作與家庭間找到新的平衡點。對於即將而來的新生活，廖芳儀非常期待，因為這是她從畢業以來人生最大的變化。總算不必每天在有罪與無罪之間擺盪，可以過一點自己真正嚮往的生活。

「這個判決，讓我終於下定決心可以休息一陣子。」這是她經常跟家人說的話。事實上，網路對她的抨擊不斷，但是在她自請評鑑以後，幾天就沒有人注意這件事了。這個島嶼上的新聞，向來都會有緋聞、醜聞連番上陣救援，所以她並沒有這麼在意外界的批評，而且對於這種逐漸平靜的生活自得其樂。只是這樣的生活並沒有持續多久。

星期天早上，原本廖芳儀要跟先生、孩子一起出門。但是先生臨時要加班，於是她決定自己帶著孩子到法院旁邊的大葉高島屋走走。陽光煦煦，她一個人推著嬰兒車，享受好久不見的悠閒。從上班以來，大葉高島屋雖然在法院隔壁，但是她鮮少來過，因為對她而言，法院就是上班的場所，每次看到在這裡喝咖啡、逛街的人，她總是很羨慕，即使假日，也都是進法院加班而已，現在總算自己可以享受跟一般人一樣的生活。早上十點，行人還不多，她坐在椅子上，逗弄著自己的寶貝，正想著中午要在樓下的超級市場買些什麼回家，可以做出豐盛的晚餐。突然有個十歲上下的小女孩過來跟她說話：「大姐姐，妳可以幫我一個忙嗎？」小女孩怯生生的說。

「怎麼了？」廖芳儀親切的回應，平常在法院的肅殺之氣早已經消退。

「有一個阿姨被車子撞倒，車子跑掉了，她一個人很可憐，妳可以救她嗎？」小女孩問。

廖芳儀聽到以後心頭一驚，立刻問小女孩：「人在哪裡？」小女孩拉起廖芳儀的手，跟她說：「就在轉角的巷子那裡。」廖芳儀想到救人重要，而且巷子就在前面二十公尺處而已，於是立刻跟著她過去找人。只不過轉進巷子裡，發現那裡竟然空無一人。

「妹妹，剛剛妳說的阿姨在哪裡？」廖芳儀急忙問。

「我不知道。」小妹妹急得快哭了：「我剛剛明明有看到，那個阿姨要我來找妳幫忙的。怎麼會現在不見了！」

「妳先別哭。」廖芳儀先安撫她：「那個受傷的人說不定沒事了，妳爸爸媽媽呢？」

「我家就在附近，我幫媽媽出來買早餐的。」小妹妹說，一邊指著一百公尺左右的一棟大樓。

「那沒關係了，妳趕快去買早餐，別讓爸媽擔心了。」廖芳儀摸摸小女孩的頭，準備走回去長椅。

走過轉角，廖芳儀往長椅方向看去，嬰兒車不見了。

廖芳儀的心頭一震，她懷疑是自己眼花了，但是嬰兒車就這麼不見了，才三分鐘不到的時間。她不知道該怎麼辦，連忙用跑百米的速度回去原地，回到原地後，著急的四處搜尋，卻怎麼樣也找不著自己的寶貝。她努力的定下神來，告訴自己不要急，想要釐清到底發生什麼事情，才發現自己的手機、證件通通都一起放在嬰兒車上，身上什麼東西都沒有。她猛然想起，那個小女孩是不是有問題，但是四處張望，也已經看不到她的蹤跡，而且四周似乎沒有目擊證人。對廖芳儀而言，這是前所未有的挫敗。從出生到現在，她從來沒有遇過這樣的情況，身無分文、沒有證件、手機遭竊，最重要的是，自己的孩子不見了。她告訴自己不能哭，然後深呼吸，坐回長椅上，向旁邊的路人借手機，先報警，接著立刻打電話給老公，希望他立刻回家。

「您好，請問您是哪位？」先生的聲音還是一貫的溫和而有禮貌。

「我……我是芳儀。」原本告訴自己不要掉眼淚，但是聽到先生溫柔的聲音，竟然還是忍不住哽咽了。「孩子不見了。」

「啊？」丈夫也聽出來太太的聲音非常不對勁：「妳不是帶孩子出去散步嗎？發生什麼事情了？」

「一言難盡。」廖芳儀止不住眼淚：「你快回來，我不知道該怎麼辦。我現在人在大葉高島屋這裡。」

「好，我立刻回來。」老公的聲音聽起來也開始慌亂。

三分鐘之內，警察已經趕到，廖芳儀看到兩名值勤的警員下車，很快便恢復職業本能，把眼淚擦乾，鎮定的跟兩名員警說明剛剛發生的事情。原本警員還不以為然，認為可能只是惡作劇。但當她告訴員警，她是士林地方法院的法官時，兩名員警頓時手忙腳亂，立刻向分局通報，這裡出大事了，法官的女兒竟然在星期天早上的士林鬧區失蹤。兩名警員立刻以警車把廖芳儀帶回士林分局做筆錄，也請分局長立刻回局裡坐陣。就這樣，一場新的風暴開始了。

與此同時，信義區的水月大樓頂樓，風暴也正在肆虐中，因為水月會的臨時董事會正在「養心殿」召開。養心殿，是水月會年度董事會開會時才會開啟的會所，平時只有曹靖宇可以進入冥思，為了臨時董事會召開，還是水月會有史以來第一次。九點五十五分，魏信平在幾個隨扈的簇擁下，從嶄新的最頂級賓利車 Bentley Mulsanne 走出來，這款新車型是為了魏信平即將擔任董事長，由支持魏信平的信眾所集資購買的。至於為什麼是這款車，根據發動募資的資深委員表示，是因為魏信平在去年祈福放生法會時，偶然跟其他人說過，他最愛的車款，就是賓利這種車型。

為了今天，魏信平布置很久，據說關鍵性的最後一席董事，已決定支持他。即使曹靖宇利用網站與信徒網路，持續「宣傳」她仍然具有神蹟，她的親信也帶著蕭淑惠到處幫師父拉票。蕭淑惠甚至對外表示，師父就是有神力，而且可以招魂祈福，一切都是魏信平在搞鬼。

但是魏信平早已與其他三名董事溝通好，只要把曹靖宇趕下臺，往後基金會的運作將採取「四王共治」，不再讓師父獨霸一方。因此魏信平對於今天的董事會躊躇滿志、勢在必得。兩旁支持他的信徒夾道歡迎，魏信平則是一身唐裝、合什回禮，對於眾多信徒的膜拜，坦然受之，儼然已經是水月會的新盟主。

魏信平搭乘原本只有師父能使用的電梯，會內都稱之為「天梯」，直接前往養心殿內，並且老實不客氣的坐在原本師父才能使用的「御座」上。魏信平的心裡正想，這座位雖然金碧輝煌，但總是前人使用，在他就任以後，一定要重新打造一座新的黃金座椅，以匹配他的身分云云。其他董事陸續就坐，師父則是久久不見人影。幾位董事面面相覷，不知道應該如何是好。到了十點十分，魏信平覺得有些不耐煩，於是請兩名保全、會務祕書與另一位親近他的董事，到師父的修行「聖殿」中「請」她移駕到養心殿。說是「請」，當然不懷好意。他特別交代那位董事，如果師父真的不願意出席，他們還是會如時間表決以更換董事長，到時候莫怪無情云云。

幾分鐘後，會務祕書回到養心殿，低著頭跟魏信平報告：「師父希望您可以直接過去拜訪她老人家。」

魏信平不怒反笑：「都到這個時候，竟然還有派頭？好，我過去。」於是他站起身來，往聖殿的方向走去。其他隨扈想跟過去，他揮了揮手，要他們坐下。不過就是幾步路，有什麼好擔心的？況且曹靖宇不就是個女騙子，手無縛雞之力，又能對他如何？從養心殿到聖殿，就只有一條長廊，打開養心殿的大門後，他直接往聖殿走去。一分鐘不到，他就已經在聖殿門口，準備敲門進入。雖然他心裡覺得跟平常好像有點不一樣，所以在門口停頓了一下。他轉念一想，應該只是曹靖宇自知已經要下臺，所以把門口的隨扈撤除了而已。

突然從轉角衝出一個人，往魏信平的身上刺上一刀，嘴邊嚷著：「你去死！」魏信平一時閃躲不及，腹部被刺中一刀，血流如注，厚重的白色地毯上到處都是血跡。養心殿裡的隨扈聽到聲音，立刻衝出門外，但已經來不及。這個人隨即被幾個壯漢壓倒在地，並且奪下她的刀。凶手原來是蕭淑惠，被壓制在地上時，她口中兀自喊著：「都是你，害我離婚。都是你，害我的孩子不見了。你是魔鬼！你是魔鬼！」在拉扯中，從她的手提袋裡掉出一份文件，原來是台北地方法院的民事判決，主文是這麼寫的：

「准原告與被告離婚。訴訟費由被告負擔。」

魏信平的隨扈立刻叫救護車，同時報警處理。此時聖殿的大門也緩緩打開，曹靖宇一臉驚訝，看著現場的這一切，臉色嫌惡的對祕書說：「白色的地毯都弄髒了，下午立刻請清潔公司來處理。」祕書對於魏信平不斷的在地上哀嚎，表情慌張，一時不知道該怎麼辦。曹靖宇看了一眼祕書，頭也不回的往養心殿走去。養心殿裡的其他董事，看到這樣的狀況，心裡也有數，立刻站起身來對師父膜拜，然後對師父說：「感恩師父、讚嘆師父，惡人終於遭受到天罰。」一個原本立場就偏向曹靖宇的董事甚至諂媚的說：「此等跳梁小丑，也敢與師父爭輝，真是可笑、可笑。」曹靖宇不疾不徐、優雅的坐到寶座上，然後微笑對著所有董事說：「還有哪位董事希望改選董事長嗎？」

＊＊＊＊＊

曹靖宇成功的保住了水月會的龍頭寶座，魏信平則是被送醫急救，目前仍在醫院觀察中。然而對魏信平來說，問題不只是這樣，士林地檢署已經發出傳票，針對先前疑似湮滅證據的行為，要求他到案說明。先前檢察官針對湮滅證據的案件，已經傳喚曹靖宇到案說明，但是曹靖宇卻要求魏信平到庭對質。原本地檢署在水月會開會當天，就已經準備在會後要傳喚他，但因為蕭淑惠的殺人未遂事件而延遲。不過這是遲早的事情，究竟這只是水月會的內鬥，還是真有湮滅證據的事情，檢察官希望魏信平可以到庭說明清楚。

魏信平遇襲這件事，蕭淑惠當場被制服，她自白是自己一人所為。至於犯案動機與理由，是她認為孩子遇害，都是魏信平教唆鄭騰慶所致，而她之所以走到離婚這個地步，也是因為魏信平在當中破壞。檢察官在簡單的偵訊後，就向法院聲請羈押，法官基於被告所犯之罪為殺人未遂，又有逃亡的可能，所以裁定將蕭淑惠收押。這個新聞並沒有引起多大的震撼，但是蕭淑惠的前夫張品祥立刻在當天下午大動作的召開記者會，抨擊士林地方法院縱放人犯，枉法裁判，才是導致這場悲劇的原因。他宣稱要採取私法制裁，不會讓這些人好過。當然，即使記者追問，他也不表明到底要讓誰難過，但是當天早上就發生廖芳儀的孩子被拐帶的事件，難免不聯想到是他所為。聽到記者詢問這件事，他只是冷笑，不發一言，然後快步離開現場。

關於這些事情，白正廷一直到中午才知道，因為他一直在煩惱鄭騰慶失蹤的事件。如果二審開庭之前，鄭騰慶還沒有任何消息，台灣高等法院的法官可能會對他發布通緝。事實上，在判決之後，他就有煩惱不完的問題。首先，事務所一直被不同的不明人士騷擾。在判決那天後，事務所的電話開始接不完，當然不是客源不斷，而是抗議不斷，甚至原本委任他的某些客戶，也打電話來終止委任，因為擔心與「魔鬼代言人」劃上等號。其次，事務所也經常被丟擲糞便與垃圾，助理們為了清理這些廢棄物傷透腦筋，即使裝設監視攝影機，也只能看到加害人戴著口罩的影像而已，就算他報警，警方也以「無法可管」四個字帶過，讓白正廷第一次知道，什麼叫做求助無門。以前當檢察官的時候，哪裡會擔心這種事？

不過，現在這些問題都已經不是他關心的重點。他現在最煩惱的事情還是鄭騰慶消失不見，而且最新的消息是法官的女兒竟然在光天化日之下失蹤，最有可能涉案的人，當然就是鄭騰慶。只有白正廷相信不是他所為，並不是因為擔任他的辯護人，而是廖芳儀以刑法第19條第1項的理由判他無罪，既然如此，他又何必去傷害廖芳儀或她的家人？只不過這些都只是揣測而已，鄭騰慶既然失蹤，當然所有矛頭指向他都是正常的。現在警方也已經透過各種方式，希望可以找到鄭騰慶到案說明。新聞報導上，廖芳儀拒絕接受訪問，而士林分局分局長則是大陣仗召開記者會，也同時公布鄭騰慶的照片，呼籲他可以主動投案。那個小女孩已經找到，確實住在附近，但她堅稱當時真的有看到有人發生車禍，而且請她向廖芳儀求救。而當媒體知道「有可能」是鄭騰慶再度犯案時，態度非常微妙，因為判決他無罪的是廖芳儀，但是如今受害者似乎也是廖芳儀，總不好意思下標題為：「因果循環、報應不爽」之類的，訕笑者當然有之，不過許多評論者還是認為，問題在於應該管控尚未定讞的殺人被告，不能讓這種人逍遙法外云云。

白正廷思索了一下，以被告的經濟能力與精神狀態，如果不是住在家裡，或者是回到媽媽的家裡，應該有人幫助他。但是魏信平現在自身難保，已經被送進醫院，生死未卜。至於曹靖宇，看來原本就跟他不熟悉，只是因為魏信平的引見而「賜福」給他媽媽而已。那麼還會有誰可以幫助鄭騰慶「逃亡」？他找了一下曾經在地檢署交換的名片，拿起電話來撥給蔡雨倫，畢竟她對於水月會的情況最了解。

「妳好，我是白正廷律師。請問是蔡小姐嗎？」

「我是。」蔡雨倫有些驚訝，因為她以為白正廷不會想主動跟她聯繫。「有什麼我可以幫忙的嗎？」

「那天晚上我們有見過面，妳也知道鄭騰慶目前找不到人。」白正廷不好意思的說：「身為他的辯護人，我竟然不知道他去哪裡，實在太丟臉。」

「所以從那天他消失了以後，你就沒有跟他聯繫了嗎？我以為你會知道他在哪裡。」蔡雨倫好奇的問。

「那天宣判後，為了閃避媒體採訪，我們從地方法院的另一個門離開。我開車送他回去，對於無罪，似乎沒有開心或愉悅的感受，只是一味的堅持生命轉化的概念。這個話題聊得不是很愉快，後來我只跟他聊了幾句，大概也就是他跟媽媽過去的相處情況，然後告訴他，之後檢察官應該會上訴之類的，然後我就離開了。」白正廷說。

「我覺得他的反應非常有趣，跟一般知道自己無罪的人完全不一樣。」蔡雨倫說。

「這一點我倒是不以為意，畢竟他本來就有一些精神狀態上的問題。」白正廷說。「可是我現在想想，會不會是說，這次他所做的事情，就是為了要讓媽媽的病情轉好，可是結局似乎不是他想的這樣。」

「可是他被放出來的時候，應該還不知道媽媽的病情吧？根據魏信平告訴我的狀況，他媽媽的病情似乎越來越糟，所以在起訴後，就把他媽媽放回去了。」蔡雨倫問。

兩個人在電話中不約而同的沉默，因為推理到了這裡，陷入了死胡同。畢竟他們兩人都不知道，當天晚上所發生的事情。

陷入死胡同的人，不只是蔡雨倫與白正廷，還有魏信平。幾天後，他雖然還在醫院裡，經過搶救後，大致上已經沒有什麼問題，只是身體還很虛弱而已。水月會投資的項目很多，這家醫院就是其中一部分。魏信平進入醫院後，就被安排到最高級的貴賓病房，由院長帶領醫療團隊照顧。不過，第二天以後，他就莫名其妙被移轉到普通病房。當然，其他人都知道，是曹靖宇下的指令，但是魏信平並不知道背後的因素，院長再三跟他道歉，強調是因為貴賓病房漏水，必須要緊急裝修。而服務他的隨扈也被減少為一個，原本的榮譽董事待遇，大幅縮減。

這間普通病房，當然是單人房，環境還算清幽。這幾天，探病的人數逐漸減少，而師父送給他的花籃就放在門口，上面寫著：「佛光普照、早日康復」。魏信平看到這盆花籃，都會不由自主的咒罵：「佛光普照？她巴不得我迴光返照吧？」事實上，他還不能自由走動，而護理師又不幫他把這盆花籃移走，所以他也只能徒呼負負，心裡想著，在一個星期後，他就要聯絡所有董事，再對領導發動一次「政變」。他相信，這一次一定會成功。至於那個想要殺害他的女人，他只覺得荒謬，而且他認定，這一切應該都是曹靖宇的教唆，否則哪有這麼湊巧，一個低階人員，可以在聖殿門口徘徊，還可以攜帶刀械到頂樓，又知道他那天會出席，持刀刺殺他？不過他絕對不會跟這個女人和解，他就是要她進去監獄裡好好反省。

他剛吃完午飯，不禁想念起他常去的和牛燒烤店。現在的飲食簡直就是慘不忍睹、無法入口，一旦他當上董事長後，一定要好好改革這裡的素菜。他要求僅存的隨扈，到樓下幫他買一包菸。在病房裡抽菸是他現在僅存的特權，但是剛好菸抽完，也不能請護理師幫忙，於是只能請隨扈去買。隨扈點點頭，把門帶上後離開。幾分鐘後，病房一片安靜，突然有名短髮的護理師進來，她低著頭，迅速的檢查了一下他的身體狀況。

「妳好像不是原來那位護理師？新來的？」魏信平笑著說：「長得還蠻漂亮的。」

護理師並沒有多說話，只是迅速的拿起了針筒，從魏信平的手臂插上去。魏信平覺得不對勁，正要發聲斥責時，發現自己只有幾秒的知覺，隨即暈眩過去。護理師將病房裡的輪椅推過來，耗盡力氣把魏信平搬到輪椅上。他低著頭，就像是累壞了的病患。護理師一言不發，然後將他以緩慢的速度推到急診室那裡。在急診室門口，就有一輛護理之家的車子等著，把魏信平載離醫院。半小時後，隨扈終於回到病房，卻已不見魏信平的蹤影。他立刻向醫院求救，等到調閱監視攝影器的影像，已經是三小時後的事情，當然，完全看不出來這位護理師的身分，只知道醫院裡根本沒有這個人。他成為了第五個失蹤者。

CHAPTER

10

千代野的修行

在夏青出發之前，她並不知道魏信平已經成為這件事的第五個失蹤者，更不知道究竟是誰將魏信平帶走。對夏青而言，她根本不認為黃莉萍會帶走這些人，只是因為她原本就很喜歡南投仁愛鄉，所以決定利用非假日時間，到那裡去看看。她想要一個人開車過去，如果找到黃莉萍，或許可以在那裡停留一晚，跟她多聊一些判決後的感受。倘若不能找到她，至少可以當做一個人的小旅行。

一路上車子並不多，幾個小時後，她已經抵達仁愛鄉公所附近。她把車停好，準備走路到黃莉萍的老家。她按照身分證上的住址找去，看到一間小平房，樓下的店鋪在賣一些觀光紀念品。或許不是假日的原因，生意不怎麼好，只有一個阿姨無精打采的呆坐在門前。這裡看不到電視，也看不到其他報章雜誌，但是突兀的有一張已經泛黃的畫像，畫像的主角是一個穿著和服的女人，正拿著一個水桶，畫面裡還有月亮。夏青沒再深究，只是客氣的向那個阿姨詢問了黃莉萍，得到的反應讓她詫異。

「請問，有一位黃莉萍小姐住在這裡嗎？」夏青輕聲的問。

「啊？妳找誰？」那位阿姨似乎沒聽過這個人。

「黃莉萍。草頭黃、利害的利上面加上草字頭，浮萍的萍。」夏青重複了一遍。

「我不知道黃莉萍是誰。妳是不是找錯地方了？」阿姨困惑的說。

夏青聽到這個回答也覺得有些詭異，但還是追問阿姨，並拿出黃莉萍的身分證影本給她看。「就是這一位黃小姐。請問妳對她有印象嗎？」

阿姨拿起了眼鏡，仔細端詳了很久，然後說：「妳是說阿婷啦！妳要是說阿婷我就知道，妳講那個什麼萍的，哪裡會知道她是誰？」

「她改過名？」夏青好奇的問。

「我不知道她有沒有改名，但是這張身分證上的照片是阿婷沒錯。」阿姨肯定的說。

「請問妳知道她現在人在哪嗎？」夏青問。

「去年她就帶孩子離開這個地方了，去哪裡我也不知道。」阿姨似乎不想多談。

夏青再度環視了這個不大的店面，樓下沒有電視、電腦，只有各種紀念品出售，但空間仍因此顯得狹小，空氣也不甚流通。店面深處有一個階梯，可以到二樓。她指了二樓的入口，「那是以前她住的地方嗎？」

阿姨終於察覺這個訪客好像問太多，警覺的問了夏青：「妳是哪位？跟阿婷有什麼關係嗎？妳問這麼多做什麼？」

夏青察覺到她似乎還不知道「阿婷」在台北究竟發生了什麼事。不過這也正常，畢竟她改了名，而且她的照片又沒有在媒體上大幅曝光，如果店裡沒有電視，或許她連台北發生了連續殺人案都不知道。為了避免更多的疑慮，夏青拿出名片來，遞給這位阿姨，「我是阿婷在台北的朋友，是做律師的。因為阿婷搬家，我以為她搬回來這裡，所以想要來找她聊聊。」

阿姨拿著名片，仔細的看著，嘴裡無心的叨念著，「喔！喔！阿婷也有認識律師喔！」然後轉身就要離去。

「阿姨，妳可以告訴我一些有關於阿婷的事情嗎？」

「我不知道，我沒什麼可以跟妳說的。」阿姨的態度變得很奇特，似乎不想多談。

「所以她從小是在這裡長大嗎？」夏青不死心，還是希望可以從她這裡多了解一些黃莉萍的訊息。

阿姨聽到夏青的問題，情緒更加不穩，直接對夏青發火：「我已經講過了，我沒什麼可以跟妳說的，妳是不是要我趕妳出去才行？妳走！妳走！不然我要報警了。」

夏青只覺得莫名其妙，在自討沒趣後，只能往門外退出，然後轉身離去。就在雜貨店門口，他看到了一個騎著摩托車的年輕人，早把車熄火，就停在門口不遠處的電線桿看著她。夏青對著他點了頭，他則是回報以微笑。

「嗨，我叫做王炳耀。」那個人逕自的自我介紹。「妳是夏青律師，是來這裡找小婷吧？」

夏青有點意外，「你知道我的名字？請問你是哪位？」

「我是小婷的國中同學，我們曾經是男女朋友。前兩天她有回來這裡，簡單收拾一下行李。她在離開之前告訴我，她的律師，叫做夏青，這一陣子可能會來找她，要我每天都過來這裡等，交給這個人一件包裹。我覺得一定有事情發生了，所以我請了一個星期的事假，每天都過來她的老家，想不到才第三天，妳就出現了。」王炳耀說，一邊玩著手邊的一大串鑰匙。

「她去哪裡了？那個阿姨又是誰？她以前住在這裡嗎？為什麼會改名？」來到這裡後，原來她想找尋的答案還沒出現，謎題又更多了。她急切的想知道究竟發生了什麼事情。

王炳耀並沒有直接回答她的問題，而是示意夏青跟他一起走。這天陽光有點強，雖然是初春，但是鳥叫聲不斷的在發燙的道路上迴響，兩個人就這樣靜靜的走著，誰也沒有開口說話。

「那是她的親阿姨，我是說剛剛把妳趕出門的那個老太婆。」王炳耀自顧自的說：「她從小父母就過世了，是阿姨養大的。」

「她為什麼這麼忌諱談到黃莉萍，不，小婷？」夏青好奇的問。

「妳知道她臉上的疤痕嗎？」王炳耀沒有直接回答夏青這個問題，反而丟了一個新的問題給她。

「我有看到，但是我不知道是怎麼回事」夏青說。

「傳說中，那是她阿姨做的。」王炳耀黯然的說：「據說是因為阿姨對她做出這樣的事，小婷才離開這裡。但這只是『聽說』，因為沒有鬧上檯面。這件事算算已經有五年多了。」

「她為什麼要這麼做？而且沒有人報警嗎？」夏青覺得非常訝異，怎麼會是阿姨下的手。

「其實阿姨以前很疼她，因為阿姨沒有結婚，也沒有孩子，把小婷當作自己的孩子。她爸媽是因為車禍過世的，只留下小婷，還有一些遺產，阿姨用了這些錢，頂下這間雜貨店，小婷自己也有一些爸媽留下來的存款。從小她們的關係就跟母女一樣，但是自從阿姨加入教會後，一切就不一樣了。」王炳耀說。

外面雖然陽光燦爛，但是並沒有很炎熱。兩個人走到郵局，王炳耀帶著夏青一起走到郵局門口，左側是一面保管箱，他拿出了剛剛在手上的鑰匙串，找出了一把保管箱的鑰匙，打開其中的一個箱子，把裡面的密封牛皮紙袋交給夏青。

「阿婷告訴我，這是她這幾年所寫的日記，她要我交給妳。」王炳耀說。

夏青把這個牛皮紙袋收下，他們就坐在郵局旁邊的天主堂，看著一輛一輛的車子呼嘯而過，都沒有說話。過了幾分鐘後，夏青才又開口。

「為什麼？你剛剛還沒有回答我的問題。」夏青說。

「她在大學畢業後，回到雜貨店來幫忙，我們就是在那個時候開始交往。她回來後，阿姨邀她一起去一個沒聽過的教會。每次他們參加教會都要到埔里，但是阿姨堅持一定要去。這個教會好像叫做，水里教會？還是水月教會？我有點忘記了。」

「水月會？」夏青倒吸了一口氣，「你是說水月會？」

「對、對、對。就是水月會。當時阿姨好像跟裡面的高層交往，所以希望小婷可以跟她一起去修行，阿姨還捐了很多錢到教會裡。」王炳耀說。

「後來怎麼會有那件事情發生？」夏青問。

「我不確定。」王炳耀有些困惑：「可是我知道出事了。因為在分手前一個星期，小婷跟阿姨一起去埔里，第二天就傳出她進了醫院，聽說是因為煮菜的時候被油鍋燙到。因為是意外，警方也沒有多問，這件事就這樣過去了。」

「為什麼是『聽說』？你聽誰說？你當時不是她男友嗎？」夏青追問。

「因為那天她的臉被燙傷後，我們就沒有再見面。她發了一個訊息給我，希望我們分手。我幾次去她家找她，都被阿姨趕出門。這些訊息，都只能從鄰居的耳語聽到，不過版本有一些不同，只是沒有人相信，也沒有人知道真相是什麼。」王炳耀苦笑：「妳要聽嗎？」

「當然。」夏青簡短的回應。

「好，我要強調，這是非正式的說法。我們當地派出所的員警，在『下班』後跟幾個人閒聊的說法。」王炳耀特別強調「下班」兩個字，深怕夏青誤會。「事實上，小婷的傷確實有可能是阿姨造成的，她有跟醫生說，但是醫生在跟阿姨確認過後，並不相信她所說的這件事。畢竟阿姨從小非常疼愛、照顧她，沒道理會去傷害她。後來，據說她還有去地檢署提告，但是因為罪證不足，阿姨否認，又查不出真相，後來也就不起訴。這都是警員在喝酒的時候閒聊說的，但是已經隔了一陣子，她當時也早就不在這裡，所以真假就不得而知了。」

「這件事情後，你還有聽說她在台北發生的事情嗎？」夏青問。

「我不知道。分手以後，我仍然在這裡工作，也還是單身，跟外界沒什麼聯繫。直到兩天前她回來，才告訴我黃莉萍就是她。我也是那時候才知道她早已改名了。」王炳耀頓了一下。「她告訴我，她有一個計畫，正準備要進行。我還覺得很訝異，女兒才剛過世，她怎麼有這種力氣去做什麼計畫。我要她回來這裡，我還是想要跟她在一起，她只是跟我說，一切都遲了。如果在一年前，她會答應，但是現在已經來不及了。我問她，怎麼會來不及，她只是笑笑的跟我說，要我轉交這個牛皮紙袋給妳，說妳看了就明白了。如果妳一個月內都沒來找她，她要我就把這個紙袋燒掉，不要給任何人看。」

「謝謝你做到這個承諾。」夏青感激的說。

「沒什麼，我只是盡力，畢竟我還喜歡她。」王炳耀不好意思的說。「那天我沒有能力挽留她，如果妳再看到她，能不能請她回來這裡？我們可以重新開始。」

夏青沒有多說什麼，只是點點頭。跟他道別後，夏青回到車上，迫不急待的把牛皮紙袋打開，只見到一本筆記本，封面上寫著，二〇一三年以後。她打開車窗，任由山上清淨的空氣流動，原本以為黃莉萍只是想跟她分享心情，看完以後，已是傍晚，便利商店的招牌開始點亮，但是她的心情卻是一片黑暗。前半年都是一些私事，包括她跟王炳耀之間的交往、她跟阿姨之間的瑣事，記載的內容很短，但是看得出來她正在努力的生活。只是到了八月中以後，一切都變得不一樣了。

「8月14日，阿姨又要我去教會。我實在很不想去。教會從台北派來了一位資深委員，很多信眾都喜歡他，包括阿姨。但是我看到護法的眼神總覺得很怪，他享受眾人的崇拜，但是常常就這麼看著我，我覺得有點噁心。」

「8月21日，我實在不喜歡教會這些儀式，聽到資深委員說，師父即將要來，每個人都像是看到活佛降臨一樣。我只想要好好過生活，也不求富貴，但為什麼人心的平靜，必須要靠別人給？」

「8月28日，那位資深委員竟然單獨找我，要在小房間裡傳授心法給我。這次我找了藉口溜掉，不知道下次他又要用什麼理由叫我去。我跟阿姨講也沒用，她要我聽話，才能得到福報。福報是什麼？這些人不就是貪，想要得到本來就不屬於自己的東西，才會在此世修行，謀求來世嗎？」

「9月3日，他看我的眼神越來越邪惡。我一定要離開這個教會，我再也不要來。」

接著，日記停留了好幾週都沒有再更新，接著出現的那一篇讓她心驚膽顫。

「10月10日，我的臉已經留下了沒辦法抹去的傷害，但是那個傷害不在於臉，而是在於我的心。她怎麼可以否認這些事實？竟然讓我跟那個人渣獨處，還要我奉獻給教會。我是人，不是東西，他們怎麼可以這樣對我？我以為她會保護我，沒想到我告訴她以後，她竟然拿火鉗燙我，說我勾引委員，才會有這些事情。她說，我的臉就是淫蕩，要讓我以後沒辦法再勾引誰！」

「10月11日，回診的時候，醫生一直懷疑，我的傷口不是因為不小心燙傷。可是我不能說，不然阿姨就會被抓走。我到底應該怎麼辦？」

「10月15日，阿姨跪下來求我，她說，我被那個人欺負的事情不能說、她傷害我的事情也不能說，養我這麼大，我不該傷害他們。而且沒有人會相信我的，真相只有神知道，即使我說出去，也不會有人知道真相、司法更不可能還我清白。我該怎麼辦？」

「11月1日，あれこれと，たくみし桶の，底抜けて，水たまらねば，月もやどらじ，那麼我是千代野嗎？」

「11月5日，怎麼辦？我好難過。沒有人相信我！沒有人可以幫我！」

「11月12日，我要離開這個地方。走！我現在就要走！」

日記裡，最後的走，寫得特別潦草，幾乎很難辨認。從最後幾天的日記看得出來，黃莉萍心中很亂，也很難過。求助無門的心情躍然紙上，讓夏青看了格外不捨。她看到十一月一日的日記上，寫有「千代野」三個字，看起來似乎是人名。她看得懂日文裡的句子，但對於這個人毫無所悉，於是打開手機裡的google，搜尋了這個人。

「日本鎌倉時代的人物，大約活躍於十三世紀。千代野是鎌倉中期的權勢家族：安達家的幼女。她從小就格外有佛緣，熱衷於求道。在二十餘歲時，就想要尋求出家，但屢屢被住持拒絕。後來她找到中國來的蘭溪道隆大覺禪師，並且希望拜倒在他門下學習，但仍然遭到大覺禪師的拒絕。他拒絕千代野的原因，竟然是因為千代野的外貌過於好看。於是千代野為了強化她入佛門的心，斷然用火燒的鐵鉗子往自己的臉上燒，禪師被她這種堅持到底的決心感動，終於答應為她剃度為尼。取法名『無著』。每日做一些挑水、掃地、種菜的瑣事。

「出家後的千代野，滿懷著信心熱切的尋求得道，她不計代價的苦行，拚命的做活，不斷的參悟。但她並沒有悟道。為此，她遭到了大覺禪師的嚴厲批評。禪師指出，她心中並沒有擺脫過去的記憶，求道者內心存在太多的『有所求』，這樣是無法真正悟道的。」

夏青闔上了日記本，坐在駕駛座上沉思。從王炳耀跟日記裡的內容，她大概可以知道，過去發生了什麼事。初戀情人、水月會、宛如親生母親的阿姨、性侵害、臉上的疤痕，把這幾張拼圖結合在一起，不難理解黃莉萍為什麼會想要離開南投，到台北生活。這樣的人生太痛苦，最親的阿姨竟然會指責她勾引教會的幹部，即使她想要尋求協助，她所說的話竟然沒有人相信。對於她而言，當然是無法弭平的傷害。那麼她到了台北以後呢？發生了什麼事情？為什麼她會有一個孩子？這些過程，或許詢問她的前男友，也就是孩子的爸爸才會知道。

她記得孩子的父親在案發當時，曾經有過一段公開的記者會，於是她到 YouTube 上面找尋這段影片，果然很容易就找到，而且觀看人數還超過了百萬。這段影片並不長，大約十分鐘，透過這段影片，夏青很快就得知黃莉萍前男友的名字，從他同事的留言，也知道他工作的公司名稱與地點。她決定先開車回台北，明天就去他的公司拜訪，或許可以知道更多事情。夏青直覺認為，黃莉萍的過去，或許跟這些人的失蹤，有很密切的關係。

第二天中午，夏青在開庭的空檔間，到了土城工業區的一家上櫃公司。當她表明來意，著實在接待室等了許久，約莫半小時後，一個年約三十餘歲的男人出現，他的衣著整齊、頭髮明顯才剛整理過。他客氣的自我介紹以後，夏青單刀直入的詢問他關於黃莉萍的事情。

「妳是她的律師，應該比我更清楚她吧？怎麼會來問我？」男人漠然的說。

「事實上，我想知道你們怎麼認識的？」夏青有點心虛，畢竟這個問題與律師的工作似乎沒有關連性。

果然，男人皺起了眉頭，並沒有直接回答這個問題。

「她不是個好人，即使妳是她的律師，我仍然要這麼說。孩子的死，她應該要負責。」男人說。

「為什麼？那只是意外。」夏青不滿的說。

「她原本跟我在同一家公司，當時我要升課長，經常晚回去，所以注意到她每天都很認真加班。也是經過很久，她才答應我的追求。但是從交往第一天，我就發現她很自卑，我才問她發生什麼事？她竟然告訴我，她曾經被性侵害過。」男人說。

「被性侵害不見得就會自卑，而且你為什麼用『竟然』兩個字？」夏青的不滿又加深了幾分。

「她被性侵害後，一般人都會認為不乾淨吧？本來就會自卑，我只是說實話而已。像她這樣的女人，有人要已經很不錯了。後來她告訴我，她懷孕了，我想要對她負責，至少要照顧她，不然她很可憐。想不到我跟她求婚，她竟然拒絕我，而且立刻申請就離職。」男人口沫橫飛的說。「這個女人，簡直就是敬酒不吃吃罰酒。我是可憐她、同情她。都願意娶她了，她竟然不知好歹。這種孤僻難搞的個性，難怪會惹禍上身。」

夏青忍住作嘔的感覺，總算明白他為什麼會認為這件悲劇要由黃莉萍負責。她很想立刻離開，但是為了多了解黃莉萍的過去，她還是坐在原地，即使臉部微笑的表情已經僵硬。

「所以你認識她的時候，她叫做黃莉萍？」夏青問。

「當然，她本來就是黃莉萍，有什麼問題嗎？」看來這個男人對於前女友的過去，毫無所悉。「很奇怪，她在知道我對於她被性侵的反應後，就對我越來越冷淡，我就覺得這個人莫名其妙。」

夏青心想，你這個人才莫名其妙，她沒多說，只想問他最後一個問題：「所以你在她懷孕以後，再也沒見過小孩與她？」

「既然她不肯跟我結婚。我要她把孩子拿掉，但是她不肯，所以我們有了一番爭吵，後來我想，她既然要生，就讓她生。反正我對於這個孩子不用負責，也不會去看他，那就隨便她了，反正不要找我麻煩就好。但是她在離開的時候跟我說過一句話，我想想她是怎麼說的，因為有點久了，好像是『我跟她之間，無水也無月』，大概是什麼都沒有的意思吧！」男人自顧自的說，也沒察覺到夏青聽到這些話以後驚訝的表情。

夏青驚訝的，並不是這個男人無恥的態度，而是「無水也無月」這五個字，因為這五個字與千代野有關。在千代野在海藏寺出家以後，已經數十年，雖然每天修行，但始終未能得道。在某個夜晚，她又提著盛滿水的舊竹桶回佛寺，在行走之間，看到映照在水桶中皎潔如玉的明月。但是忽然之間，竹編的水桶箍斷裂，木桶散了架。水頓時傾瀉出來，桶裡的月亮，也消逝得無影無蹤。她在當夜，寫下了一段偈言：《無水也無月》。

「あれこれと　たくみし桶の　底抜けて　水たまらねば　月もやどらじ」

（我曾經盡力要讓水桶保持圓滿，希望脆弱的竹子永遠不會斷裂。但頃刻之間，桶底塌陷，從此再也沒有水、再也沒有水中的明月。）

「這段話不是對你說的，是她對自己說的。」夏青再也無法掩飾對這個男人的厭惡，她站起身來，直接往門外走去。

CHAPTER

11

恆星的恆心

為了廖芳儀的女兒失蹤，士林分局已經沸騰，身為偵查隊的偵查佐，潘志明有幾天都睡在警局裡，也只能以泡麵與麵包裹腹，仔細的察看當天路口的所有監視器。從不同路口監視器的畫面裡，大概已經可以確認一輛涉案的轎車，只不過車牌是贓車，而當天把嬰兒車帶走的畫面，也只能看得出是一名短髮女子。綜合所有能調到的畫面，這輛車沿著德行東路，右轉文林路轉承德路七段，接大度路一段，上淡金公路，最後在水源街二段之後就這麼消失了。消失的原因，當然是監視攝影器從淡金公路開始就已經老舊不堪使用。而分局嘗試與新北市沿線的商家調閱影像，耗費大量人力，還是找不到那輛車。警方已經出動二千多人次在附近搜尋，但還沒有結果出來。

潘志明揉了一下眼睛，看完最後一張光碟後，他覺得應該要到分局外抽根菸，這樣疲累的感覺，從上次偵辦林翊晴的殺人案以來，已經很久沒有過。這張光碟其實已經來了一陣子，因為這個地點離官方監視器所蒐集到的最後影像有點遠，所以其他同事並沒有很在意，是當地的「阿牛小吃部」餐廳送來的。餐廳老闆送來時，只提到是店門口的錄影，可以幫上多少也不知道，但是協助辦案是國民應盡的義務云云。員警好說歹說，才把光碟收下、老闆送走。潘志明打了哈欠，然後把光碟放進電腦裡，本想快轉看過就好，但是她看到店門口一個熟悉的身影，跟幾個同年齡的男女在一起，似乎是剛要走出店門口。

「我女兒怎麼在那裡！」潘志明有點驚嚇。他雖然不認為女兒會涉案，但是竟然出現在那家小吃店裡，他也覺得奇怪。當然，他旋即想到先前女兒跟他提到她所參加的學校社團，也就是水月會在大專院校的分會。突然有個模糊的念頭閃過腦中，水月會、魏信平、曹靖宇、廖芳儀，雖然關連有些薄弱，唯一的連結只有那件刑案，但是以一個刑警的預感來說，他認為應該不會是巧合，於是他立刻撥打電話給女兒，想要確認當時她在那裡做什麼。

當然，她沒有接。連續嘗試了幾通以後，他決定暫時放棄，走到警局外抽菸。

潘志明無意識的滑著手機，女兒已經把他們兩人的臉書解除朋友關係，但是他還是希望從女兒的臉書當中找出一些蛛絲馬跡。找了很久，他發現有一個看起來很斯文的男孩子，看起來跟女兒差不多年紀，經常出現在女兒的照片裡，他找了特別標記這個男生的照片，又點進去看。男生的臉書比較豐富，看了一些文章與照片後，他幾乎可以確定，這個男生就是女兒的男友，而且是因為同一個社團認識，才在一起的。他想，如果用臉書的 messenger 撥打給那個男生，說不定可以知道女兒現在到底在哪，想到這裡，他決定立刻聯繫。

一開始同樣沒人接聽，響了一陣子之後，對方終於接起電話，果然是那個年輕男生。因為潘志明的臉書並沒有頭像，而且暱稱也很中性，對方聽到是一個中年男子的聲音，似乎愣了一下，而且急著掛電話。但是在他掛掉電話之前，潘志明竟然聽到另一頭傳來女兒的哭泣聲音，不斷的對那個男生求饒。他發現這樣的情況，簡直怒火中燒，直接對那個男生怒吼：「你他媽的敢掛掉電話試試看，我是警察，也是潘昭盈的老爸。」

對方聽到這句話，似乎慌了手腳，連忙道歉跟潘志明說：「伯父，我沒有對她怎樣，真的沒有。」潘昭盈似乎聽到了爸爸怒吼的聲音，在旁邊大叫：「爸，他要性侵我，你快來救我。」

聽到這句話，潘志明的心情更急，對著那個男生說：「你敢動她試試看，我女兒要是出了什麼差錯，我不會用法律告你，但是我會讓你以後覺得判死刑是最爽快的事情。我可以請電信警察鎖定你的號碼，但是給你一個機會，我女兒在哪裡，快點跟我說！」

那個男生應該沒料到會有這樣的情況，立刻說了汽車旅館的名字。潘志明再度警告那個男生立刻離開那個地方，如果他到場以後，還看到那個男生，一定會痛下殺手。他估計路程，大概二十分鐘內會到，於是跨上那臺老舊的摩托車，以開罰單以上的速度，飛奔過去，同時打電話給櫃臺，他是警察，要他們去房間了解情況。他心急如焚，整趟路只花了十二分鐘就到，闖了六個紅燈。一到汽車旅館，立刻在櫃臺人員的陪同下，打開房門，看到女兒雙手被銬住、上半身裸露的在床上，臉上滿是淚痕。

潘志明先把自己的外套脫下來，立刻罩住女兒，示意要櫃臺人員離開。他坐在床邊，解開女兒的玩具手銬，拿了床頭的衛生紙給她，然後溫柔的對她說：「沒事了。回家吧！」潘昭盈原本什麼話都沒說，但是聽到爸爸竟然只說出這句話安慰她，沒有任何責怪她的意思，當場情緒崩潰，然後一五一十的把過程告訴他。原來是幾個社團同學約好，想要再去水月會的淡水會所碰碰運氣，看看能不能進去參訪。但是到了會所後，一個短髮的女人出現在會所前，告訴他們會所暫時關閉，而且也不是他們這種信眾能來的，於是他們敗興而歸。男友找她去汽車旅館休息，她原本是願意的，但是進去以後，她突然不想做。男友非常生氣，對她說：「我褲子都脫了，妳跟我說妳不要？不要幹麼進來汽車旅館？」因為電話被他沒收，沒辦法求救，最後就是潘志明看到的情況了。

潘志明耐心的聽著女兒說的一切，然而他卻只能說出：「沒事了。沒事了。爸爸帶妳回家」這樣的話。他心中暗自下決定，這個案件辦完後，他要向長官請一次長假，好好的陪伴女兒。因為現在修補他們的關係，勝過所有一切。女兒坐在摩托車後座，緊緊的抱著他，這是他這一陣子以來，最開心的一件事。風很大，他的眼淚往後座飄。女兒似乎感覺有水滴飄到她臉上，問了爸爸：「你在哭嗎？」爸爸搖頭回答她：「不是，是好像下雨了。」

＊＊＊＊＊＊

夏青在辦公室裡焦急的踱步，因為黃莉萍剛剛打電話給她，但剛連接上就斷線了。她只是模糊的聽到黃莉萍對她說：「這裡收訊不是很好，但是我最近過得很好。」幾句話，對方就沒了聲音，她想回撥，卻發現沒有號碼顯示，只好無奈的等待。幾分鐘後，她的電話總算又響起。她立刻接起來，果然是黃莉萍。

「好久不見。最近好嗎？這裡最近發生了很多事情。」其實夏青的內心有很多問題想問她。但是她還是試圖掩飾內心的激動，她想先以這樣的方式開口，也不敢問她究竟去了哪裡。

「妳應該有去南投吧？有拿到東西嗎？」黃莉萍也不回答她的問題，只是淡淡的問了她這件事。

「嗯，我知道了一些事。」夏青說。

「妳是應該知道一些事了。」黃莉萍在電話那頭淺笑著：「但是妳知道那個資深委員是誰嗎？」

夏青倒抽了一口氣，「是他？」

「哈哈！這世界很小？不是嗎？善有善報、惡有惡報，根本就是假的。這種人竟然可以步步高升，一直攀爬到這個邪教的頂端，妳不覺得很荒謬嗎？」黃莉萍大笑，但是笑聲充滿了怨毒與難過。

夏青說不出話來，只覺得不寒而慄。兩個人就在電話中沉默了許久。

「所以妳現在所做的一切，都是報復？」幾分鐘後，夏青只能勉強擠出這句話。

「當然不是，我倒是覺得一切都是因果報應。」她在「報應」兩個字上加強語氣。

「我已經見過阿姨、王炳耀，還有妳的前男友。」夏青並不想繼續討論這個話題，直接單刀直入的告訴她已經知道的事情。

「所以呢？妳有看到那張畫像？」黃莉萍急切的問她。

「畫像？」夏青愣了一下，隨即想到雜貨店裡有一張泛黃的畫像，是一個穿和服的女人。「妳是說一個穿和服、一旁有破損水桶的日本比丘尼？」

「看來妳有注意到了。」黃莉萍有些開心，「那是我的精神導師，或者說是水月會的精神領袖，教主很欣賞她。」

「她是誰？」夏青隨口這麼問，其實她只是想要從黃莉萍的口中多聽到一些訊息，但是對於她現在為何要提到這張畫像，並不是很感興趣。

「妳可要記得，她的日文名字念法是 Chiyono。」黃莉萍輕輕的笑著，但是她的笑聲，聽起來卻有說不出的苦澀。

夏青不知道她為何要突然提起千代野。但是好不容易才可以聯繫到她，而且對方又沒有來電顯示，只希望可以多跟她聊一會，自然不敢多問，其他的事，就等她自己想說。

「千代野，她跟我一樣，臉部都有傷。只是她自己為了求道而把自己變得醜陋，但我是被最愛的人傷害。」她停頓了一下，「妳知道那個女人怎麼對我嗎？她就像是我媽一樣，但是為了那個渣男，她對我就像是對待仇人一樣。她說我勾引她的男人，她才會對我下手。最好笑的是，所謂的司法，根本不會查清楚事實，只想要趕快把事情結案，就跟我的孩子一樣死得不明不白！當年，我那些過去，在司法的眼裡就是一件小事。現在，我的孩子死了，在司法的眼裡仍然找不到真實。你們小事不查、大事縱放，這就是你們的司法公正？」

夏青靜靜的聽黃莉萍說這些話，她總算知道，在這場審判裡，為什麼她這麼執著於所謂的真相，甚至多於關心是不是要讓被告判決死刑。但是她仍然不知道，為什麼她決定要帶走那些人。

「所以妳帶走魏信平是為了報復？那麼妳帶走其他人的目的又是什麼？」夏青追問。

「我已經說過了，這與報復無關。如果我要報復，我會帶走阿姨，好好的折磨她。」黃莉萍不耐煩的回應：「我只是想完成最後的審判。」

「我不懂什麼是最後的審判。」夏青說：「但是在這件事裡，妳明明就是受害者，不是嗎？二審就要開庭了，妳得要來。」

「如果，我是說如果，我可以再信任司法，我就會出庭。為了這件事，我要進行一場試驗，妳要一起參與嗎？」

「什麼意思？」夏青覺得事有蹊蹺：「妳要試驗什麼？」

「妳知道廖芳儀的女兒被誰帶走嗎？」黃莉萍突然問了夏青這個問題。

「我不知道。」夏青覺得黃莉萍問這個問題很詭異，「等等，難道妳就是把小女孩帶走的那個人嗎？」

「不只她。我還帶走了魏信平，因為我要他說實話。鄭騰慶，還有他媽媽，也都在我這裡。」黃莉萍的口氣突然變得很冷峻。

夏青倒抽了一口氣，失聲說：「妳為什麼要這麼做？妳不要做傻事！」

「什麼叫做傻事？」黃莉萍大笑：「我覺得司法體系才在做傻事，我現在想要來一場真正的審判，歡迎妳一起來參加。這叫什麼？參審制嗎？孩子是我生命中的一切，沒有他，所有的事情現在看起來都像是傻事。」

「好。」夏青迅速恢復冷靜：「妳要我去哪裡找妳？」

「我會告訴妳，但是在這之前，我要拜託妳答應我一件事。」黃莉萍說。

「有什麼事是我可以幫妳的？」牌都在她手上，竟然還會用「拜託」兩個字，她還真是有禮貌，夏青心想。

「請妳幫我找到廖芳儀法官，妳陪她一起來。只有妳們兩個人，其他人不行。」黃莉萍說。「如果她不能來，或是妳報警，只要有警方到現場，我就會把她女兒殺掉，就像是鄭騰慶殺掉我女兒一樣。反正，在台灣殺人，找不到真相，也不會判死刑。喔，不是，是會判無罪。」

「妳不是不在乎鄭騰慶會不會判死刑，只是在乎真相嗎？」夏青靈機一動，想要說服她：「那麼我們可以在高院二審的時候，重新訊問證人，包括魏信平，可以嗎？」

「哈哈！司法體制，是一種保護被告的制度。廖芳儀也說過，司法不是為了發掘真相，妳還要我相信司法？」黃莉萍大笑。

「好吧！妳告訴我地點，我找廖芳儀一起去。」夏青無奈的嘆了氣。

「妳等我電話。」黃莉萍說：「我給妳三小時，妳找到廖芳儀以後，我們再談。」電話瞬間掛斷，夏青根本來不及反應。

現在夏青幾乎無招架之力，似乎也只能照黃莉萍的指示去做。只是要如何在不報警的情況下，通知廖芳儀到場，她一點也沒把握，畢竟廖芳儀已經休假，當然，法院也不可能告訴夏青，關於法官的個人資訊。想了很久，她想到了白正廷。畢竟他曾經當過檢察官，應該有辦法找到廖芳儀的聯絡方式。於是她立刻請祕書跟他確認可以見面的時間，否則這件事或許將無法挽回。幾分鐘後，祕書告訴她，半小時後就在他的事務所見面。在那之前，她認真的找了一些關於千代野的資料，希望能夠了解為什麼在這麼緊急的時刻，黃莉萍還要讓她知道千代野，以黃莉萍這麼縝密的心思，當中一定有它的意義。

因為塞車，夏青晚了十分鐘到，進了會議室後，她有些焦急，因為白正廷一直沒出現，又隔了十分鐘，才看到他一邊講電話，一邊打開門進來。夏青正覺得這樣的行為很詭異時，白正廷把手機擴音打開來，然後對著手機說：「現在夏青律師也在這裡，你上次見過她，我們三個人一起談談好了。」夏青這才發現，原來白正廷的通話對象，竟然是潘志明。

「所以我們剛剛談到哪了？喔，對了，就是鄭騰慶的下落。現在其實局裡的人力大多花在找尋法官的小女孩。因為現在孩子比較要緊，而且鄭騰慶無罪，他只要在開庭前出現就好，現在我們去注意這個人也沒有太大意義。所以對檢座說聲抱歉，對於鄭騰慶的下落，我們真的毫無頭緒。」潘志明從電話那頭說。

「我知道鄭騰慶在哪裡，但也可以說不知道。」夏青插話：「所有失蹤的人在哪裡，我通通都知道。」

白正廷不可置信的看著她，而電話的另一端也突然沉默，兩個人都為了夏青的答案而覺得不可思議。「妳都知道？怎麼可能？」白正廷大叫。

「現在包括鄭騰慶、鄭媽媽、魏信平、與廖芳儀的孩子，都在黃莉萍的手上。」夏青冷靜的說。「她要我在三小時內，不，現在只剩下兩小時左右找到廖芳儀，接著她就會告訴我囚禁這些人的地點，否則她會採取一些行動，行動是什麼，我不能說，只能跟你們講，應該很可怕。」

「等等，所以她現在要求什麼？贖金？」潘志明問。

「她要我找到廖芳儀以後，跟她一起到某個地點，但是她也沒答應放人。」夏青說。

「可是據我所知，只有鄭騰慶跟他媽媽，還有廖芳儀的孩子失蹤，什麼時候多了魏信平？」白正廷問。

「我也不知道，但是她想知道真相，她認為這一切都是魏信平引起的。至於她到底怎麼從醫院帶走他的，還有醫院為什麼都沒報案，這真的也是一團謎。」夏青無奈的說。

「基於曹靖宇又重掌大權，而醫院股份又操縱在水月會手中，他們應該巴不得魏信平永遠不要回來，報警的機會不高。」白正廷皺著眉頭說。

「現在不是討論魏信平為什麼會被綁架的時候了。」夏青焦急的說：「我來這裡，是希望拜託白律師，透過你的人脈，可以幫我找到廖芳儀。她特別強調，不能透過官方管道、不能報警，否則一樣會有悲劇發生。」

「我先前在北檢上班，不是在士檢，所以得要花點時間，請妳等等。」白正廷離開會議室，準備聯絡以前的同事幫忙。

「那我就先掛斷電話，有事我們保持聯繫。」潘志明笑著說：「對了，我女兒回來了，她目前一切都很好。我們父女關係有慢慢在改善了。」

「恭喜你。」夏青目前思緒很亂，只能勉強擠出這樣的話。

「她本來還在忙社團的事情，但是後來我有跟她深談過，她願意先專心在課業上，以後再來談信仰的問題。」潘志明說。

「喔？是什麼事情讓她改變？」夏青漫不經心的說，準備要把電話掛上。

「這算是因禍得福嗎？有個社團的臭小子趁他們要去水月會的淡水會所靈修時，對她不禮貌，她才願意慢慢去思考教會跟她之間的關係。」潘志明得意的說。

「水月會？靈修？」夏青突然靈光一閃：「她有進去裡面嗎？」

「本來要進去的，但是有個教會的女人跟他們說，淡水會所目前暫停開放，有祭典要進行，所以他們不得其門而入。」潘志明說，「怎麼了嗎？」

「聽著。」夏青興奮的說：「我覺得有可能黃莉萍就是把這些人隱匿在那裡，你問一下你女兒，究竟地點在哪，然後跟我說。」

「妳要去問師父嗎？」潘志明面有難色：「我其實不是很想讓我女兒接觸我工作上的事情。」

「我現在不知道誰是敵是友，水月會的人到底跟這件案子的關連有多大，如果主動去問，我擔心會打草驚蛇。更何況，目前也只是猜測而已，因為魏信平失蹤，或許跟這件事有關連，所以我不會去問那位所謂的『師父』。」夏青嚴肅的說。

「好吧。我問問。」潘志明無奈的說：「但是我不敢保證她會講，畢竟她還是很相信師父。」掛上電話後，夏青只能在會議室枯等，半小時後，白正廷才回到現場，表示已經聯絡上士林地方法院的前同事，請他們代為轉達，但還是要等廖芳儀主動回應，沒辦法直接給電話。

「你有告訴他們，現在發生什麼事情嗎？」夏青問。

「沒有。我也擔心警方的動作會刺激到黃莉萍，因為現在有這麼多人在她手上，特別是小孩子，我不想因為警方攻堅而影響到生命安全。」白正廷苦笑：「更何況現在連人在哪裡，都不知道。」

「如果跟魏信平有關，我覺得有可能會在淡水的水月會所。潘志明的女兒可能知道地點，我要請她告訴我們。」夏青說。

時間一分一秒過去，兩個人只能在會議室裡無言對望。時間還沒到，夏青的電話又響起，一樣是沒有號碼顯示。夏青示意白正廷先別說話，有可能是黃莉萍打來的，接著把擴音功能打開。

「律師，請您幫忙的事情，有著落了嗎？」黃莉萍很客氣的問，讓夏青覺得毛骨悚然。

「我還在聯繫，沒有這麼簡單。畢竟我不會有法官的電話，妳又不許我報警。」夏青說。

「您可以去聯絡白正廷，他以前當過檢察官，應該知道她的電話。不是嗎？」黃莉萍說：「您還可以告訴他，這次他的表現很好，如果我是被告，二審一定會繼續請他幫忙唷！」

夏青沒有說話，在想著要怎麼回覆她。

「怎麼沉默了？還是妳已經在他那裡？因為感覺起來您有使用擴音功能，是要放給誰聽？」黃莉萍以調侃的口氣說著。

青索性放棄抵抗，「是，我是在他事務所這裡，因為我只能找他幫忙。我還有多少時間？」

「沒有時間了，今天一定要有一個結束。如果不能找她來現場，妳也不用來這裡，等等直接看網路直播就可以了。」黃莉萍突然變得有些激動，對夏青的稱呼從「您」改成了「你」。

「等等。」夏青看了一下手錶，是將近傍晚六點鐘。「妳再給我一個小時，我一定會帶她過來。」

聽得出來黃莉萍迅速的恢復冷靜，對著夏青說，「可以，就多給您一個小時，連同我之前給您的時間，您在今天晚上七點以前一定要到，要是沒過來，那麼我會當著全國觀眾把那個小孩殺掉。當然，還有其他幾個人也會一起陪葬。」

掛上電話後，夏青與白正廷面面相覷，加上她剛剛同意的一個小時，現在大概只有二小時的時間，除非他們人在台北附近，否則怎麼會來得及？白正廷又皺了眉頭，這似乎是他遇到難題時的習慣，「要不要報警？這件事看來我們解決不了。萬一要是真有什麼差錯，我們都擔待不起。」

「不行。」夏青堅決反對：「我們再試試看潘志明這條線，我現在就打給他。」

沒多久，潘志明接起了電話，他似乎在戶外，口氣有些疲累。夏青把電話擴音打開，讓白正廷一起參與討論。

「夏律師，我跟我女兒現在正在分局外面，她堅決不肯說出淡水會所的位置。我已經勸了她很久，但是她說，如果說出去了，那是背叛佛祖，她以後就不能再參加社團。我好說歹說，她完全不接受。」

「你把電話交給她，我來跟她說。」大約僵持了一分鐘，電話似乎轉到了潘昭盈手上。夏青的語氣也轉為溫柔，「妹妹，我是夏律師。這件事情涉及到好幾條人命，我也不確定他們是不是在那裡，但這是我們現在唯一的機會。一個小嬰兒，即將會因為大人的事情而失去生命，如果妳信仰佛祖的原因是為了要救人，現在就是妳唯一的機會，請妳幫助我們，至少讓我們知道地點嘗試看看好嗎？」

潘昭盈沉默以對。夏青見她沒反應，繼續說下去，「現在水月會有困難，師父被指控詐欺，你們的董事魏信平也已經失蹤，可能在那個女人手裡。如果妳不願意出賣水月會，我可以理解。妳不想在意那個小嬰兒，我也可以接受。但是妳現在所做的事情，是為了水月會能夠繼續發展下去。菩薩心不應住色布施。須菩提，菩薩為利益一切眾生故，應如是布施。如來說：一切諸相，即是非相。又說：一切眾生，即非眾生。須菩提！如來是真語者、實語者、如語者、不誑語者、不異語者。」在夏青背出金剛經經文的同時，潘昭盈也小聲的開口一起背誦，兩個人幾乎一字不差的把經文念出來。

「我知道妳的意思了。水月會是虛像，佛祖才是實像。一切眾生，即非眾生。」潘昭盈似乎下定決心，「我會跟妳說我所知道的一切。那是一間透天的三層樓，那附近有一個著名的景點，叫做黃帝神宮。詳細地址我會發到妳的訊息裡。」

「好，謝謝妳。」夏青感激的說。「請妳把電話轉交給爸爸。」

「夏律師，身為刑警，我覺得還是報警比較好吧？」潘志明憂心的說。

「小孩現在仍然在她手上，我真的拜託你不要處理，就當做這件事情只有我們知道，好嗎？」夏青懇求他。

潘志明無奈的掛上電話，而白正廷鬆了一口氣，同時以讚賞的眼神看著夏青，小聲的對她說：「金剛經妳也會？」夏青啼笑皆非，只能引用電影臺詞回應：「略懂、略懂。但是快點出發比較要緊吧？」

「萬一不是這個地點怎麼辦？」白正廷問。

「那就是天意了。」夏青搖搖頭：「但是我們也只能先試試看，不是嗎？總不能什麼都不做，這是我們唯一的線索了。」

白正廷去樓下開車，他與夏青決定先過去看看，然後等待廖芳儀主動跟他聯繫。如果真的是那個地點，即使廖芳儀沒辦法趕上，或許還有機會說服黃莉萍。如果不是，那麼就只能再想辦法了。他發動車子以後，往辦公室門口駛去，電話就來了。

「白律師你好，我是廖芳儀。我的同事告訴我，你有孩子的事情要跟我說？」廖芳儀單刀直入的問，語氣非常焦急。

白正廷接到廖芳儀的電話，頓時手忙腳亂，連忙把車子停在路邊。「是。事實上是夏青律師接到黃莉萍的電話，她告訴夏律師，她帶走了妳的孩子。如果我們報警，她立刻會把孩子殺掉。如果要孩子活著回去，妳就得要到現場找她。」

廖芳儀聽到這段話，沉默了許久。她沒有問為什麼，而是直接問了白正廷：「現在孩子在哪裡？我立刻過去。」

「我不知道。因為黃莉萍堅持要聯絡到妳，才願意告訴夏律師地點。」白正廷說：「不過我們目前猜測可能是在水月會的淡水會所，我們正要過去。」

「好，告訴我地點，我會立刻過去。」聽得出來廖芳儀的語氣很害怕，但是白正廷知道，她正在試著努力面對人生當中最大的變局。他掛上電話後，旋即到辦公室接夏青，現在就等黃莉萍打電話過來，他們就可以告訴廖芳儀，他們猜測的地點是否正確。但是為了節省時間，他們還是直接往淡水前進。

現在已經是傍晚五點多，距離黃莉萍給他們的時間，僅剩下不到九十分鐘，而他們必須從台北市青田街，趕到新北市淡水。他看了一下 google map 的資訊，大約只需要五十分鐘上下。

「如果不塞車的話，我們應該可以準時到，而且還有點時間做準備。」夏青苦笑。

「而且還要賭對。不然黃莉萍如果不打來，我們也會撲空。」白正廷有些擔心。

「她會打來的。」夏青肯定的說：「這場她導演的戲，廖芳儀會是她的主角。主角沒來，她不會讓這齣戲上演。」

CHAPTER

12

諾亞方舟

時間已經將近傍晚六點，天色已經暗了下來。白正廷專心的開車，不斷的從其他車輛旁呼嘯而過。一路上，他已經闖了好幾個紅燈，在幾個塞車的路段，他甚至不耐煩的一直按喇叭。夏青有點擔心的對他說：「欸，你這樣也不會比較快吧？」

「我知道，我只是在生氣，對自己生氣。」白正廷說：「當我是檢察官的時候，我總以為我的工作代表正義，每天就是起訴罪犯，或是還人清白。我真心的以為司法體系建構的規則，可以平衡這個世界。我認為冤獄有，但是很少，經過這麼多熟讀法律、審理案件的法官手裡，冤案的比例應該很低了。我也曾經認為交互詰問可以接近真相，而被害人的權益可以透過檢察官伸張。後來我發現不一定是這樣，或許擔任律師，可以更接近這個世界，所以我辭去這份工作，到了這裡來。但是當我接觸律師這個行業，我就越迷惘，原本擔任檢察官的自信更低落，因為我越來越不能接近真相。」

夏青靜靜的聽著，她知道現在說什麼都沒用。

「在我當律師以後，面對不同的客戶，我要以不同的面貌跟他們相處。是，脫罪的事情我不做、脫離現實的辯詞我也不講。但是司法最後裁判的結果，真的是事實嗎？我們能讓被害人或是被告，真的從犯罪的深淵中解脫嗎？在我看來，司法體制根本就是一臺洗衣機。」

白正廷忿忿不平的說。

「什麼洗衣機？」夏青不解。

「一件襯衫，即使是白的，當我們把它丟進洗衣機後，最後它還會是白的。這就是我們經常講什麼『無辜的人不用怕被栽贓、司法會還你清白』之類的屁話。但是我們都忘了一件事，白的還是白的，但是衣服卻變皺了。」白正廷越說越激動。「法院根本不能給誰公道、給誰正義。不然為什麼黃莉萍會以這麼激烈的手段抗議？我贏了官司，但是我真的贏了嗎？法官判被告無罪，被告又是真的贏了嗎？」

「那麼你喜歡律師這份工作嗎？」

白正廷沒有說話，他突然安靜了下來，似乎陷入了長考。電話就在這時候響起，夏青一看，又是沒有號碼顯示的來電，應該是黃莉萍打來的。

「所以聯絡上廖芳儀了嗎？」黃莉萍問。

「是。請妳告訴我地點，我們會到。」夏青簡短的回應。

「從背景聽起來，你們在車上。不過你們不知道在哪裡，應該也來不及了。」黃莉萍似乎有些幸災樂禍：「給妳的時間就是這麼多，我會準時讓妳看到結果，到時候就不好意思了。希望佛祖會保佑妳。」

「其實我知道妳在哪裡，而且我不會讓妳說的事情發生。」夏青下定決心賭這一把：「我會準時到，廖芳儀或許會晚一點，但是也會到。」

黃莉萍有些訝異，隨即以調侃的口氣挑戰夏青：「喔？既然妳這麼說，那就等妳準時到。記得，妳要是沒有在我要的時間內趕到，我就會讓那個孩子沒命。」隨即就把電話掛斷。

白正廷聽了臉色不太好看：「妳這麼刺激她，這麼一來，我們唯一的訊息又斷了。萬一我們跟廖芳儀白跑一趟怎麼辦？」

「剛剛我開擴音的時候，你有聽到黃莉萍那裡傳來的背景鐘聲嗎？」

「沒有特別注意。」白正廷說：「這跟妳要激怒她有什麼關係？」

「我剛剛在電話裡，有聽到隱約的鐘聲在我們談話的背景中，淡水的黃帝神宮在早上與傍晚六點都會有鐘聲報時。我想了一下，從這些蛛絲馬跡與潘昭盈給我們的情報來推敲，在大台北地區裡，淡水的黃帝神宮最有可能符合潘昭盈的『淡水會所』與『聽得到鐘聲』的兩個條件，所以我才會大膽假設黃莉萍就在那裡。至於我要激怒她，因為人在盛怒中容易犯錯。過去她太冷靜了，她以為一切都在掌握中，但如果她發現有人會挑戰她的權威，她就會犯錯。而我們就是要等她犯錯，才有機會救回那些人。」夏青緩緩的說。

白正廷拍了一下自己的頭，覺得她連這種事都知道，實在太詭異。夏青知道他會有這種反應，瞪了他一眼說：「我曾經副修過宗教哲學思想學門，不然你以為我為什麼會背金剛經。」白正廷不敢再多說什麼，立刻撥打電話給廖芳儀，電話在幾秒鐘內就接通了。

「地點是？」廖芳儀問，廢話一點也不多說。

「我們確定是在水月會的淡水會所，地址我會請夏律師發訊息給妳。」白正廷說。

「好，需要我準備什麼嗎？」廖芳儀說，她嘆了一口氣：「為了孩子的安危，我不要你們報警，拜託你們。身為法官，我第一次感受到法律的無能。」

「我們應該會先到。當妳到的時候跟我們聯繫，不要自己進去會所。」白正廷說：「先前沒有報警，就是擔心剛剛那件事。」

天色已經轉黑，他們的車子不敢停在水月會所，而是在轉進淡江大學附近的道路後，距離會所三百公尺處停下來，兩個人慢慢走過去，那棟會所像怪獸一樣，矗立在半山腰，建物前還有一扇鐵門與圍牆。不過當他們接近這棟建築物時，夏青遠遠看著這棟建物，表情有些失望，因為全棟建物都沒開燈，她的信心有些動搖，擔心這些猜測都是她自我感覺太過良好。她看了一下手錶，還有三十分鐘，應該還有一點時間。雖然建物外表全然沒有燈光，似乎沒有人在，但她還是決定闖入裡面確認。

「怎麼進去？我們又沒有鑰匙？難道要翻牆嗎？」夏青低聲問，一副躍躍欲試的樣子。

白正廷沒有理會她，直接推開大門。然後一副「妳是笨蛋嗎」的表情看著夏青。夏青對於門這麼輕易就被打開，覺得非常不可思議，也用「那是運氣好」的表情看著他。透天建物的草地旁，突兀的停了一輛護理之家的舊車輛，車牌已經拆除。夏青心中覺得詭異，直覺應該有問題，這棟建物或許就是黃莉萍現在的藏身處。然而從大門望過去，就像內部根本沒有人在一樣，四周圍也是一片寂靜。

她低聲的向白正廷說：「你要不要繞到後面看看，我覺得有點不尋常。」白正廷點點頭，指著那臺車，似乎也同意夏青的看法。他輕巧的往建物後門走去，消失在灰暗的背景中。就在這時候，夏青的電話又響起，她緊張的把電話接起來。無號碼顯示，應該是黃莉萍打過來的。

「妳找到地方了嗎？」黃莉萍冷笑，似乎在嘲笑她的無能。

「當然。」夏青覺得自己的行動應該已經被她發現，否則她不會選擇這麼巧的時機打電話過來。「我在樓下，妳應該可以看見我。」

「嗯。」她沒有多做說明，「妳是個聰明的律師，但是妳進不了這個門，因為我已經上了電子鎖。如果妳擅自打開，就會充滿電流，這可是我花了一點錢才設計好的。」

「所以呢？」夏青腦袋一直在轉，一方面也擔心白正廷的安危。如果她連前門都已經設計了電流，他或許在闖入後門時也會出狀況。「妳到底要我幹麼？要我來，又不讓我進去。」

「我只是要妳陪她來，如果妳們兩個人一起到，妳就可以走了。但是竟然只有妳來，這是什麼意思？妳要代替她做選擇嗎？」黃莉萍不高興的說。

「做什麼選擇？」夏青問，她從剛剛那句話中嗅到了一股不尋常的味道。

「她到底會不會來？如果不會，也不用浪費時間，我們就開始直播了。」黃莉萍開始有些不耐煩：「如果她不能準時到，那也就沒有意義了。」

「現實狀況就是只有我一個人到。她會不會來，我不知道。」一邊回話，她一邊想著要如何突破。

「很公平，妳電話給我，我直接跟她聯繫。我告訴妳密碼，讓妳進來。」黃莉萍乾脆跟夏青談起了交易。「妳放心，基於拯救她的孩子，即使妳把她的電話給我，也不會涉嫌違反個人資料保護法的規定。」

夏青暗罵了一聲，黃莉萍竟然還有心思跟她開這種玩笑。但是她發現，水月會對於這個會所的防範，原本就很嚴密，或許這也是她之所以挑選這裡當做藏身處的原因。現在天色已暗，她又不熟悉這個地方，如果不從大門進去，恐怕會有困難。與此同時，她聽到建物後面傳來重物倒地的聲音，她心裡想，應該是白正廷已經中招了。

「嘖嘖，妳的同伴已經觸電，不過放心，那只會讓他昏倒，儀式結束後，他應該就會醒過來。」黃莉萍說。

「好，我告訴妳。但是要怎麼確保妳會讓我進去。」夏青決定妥協。

「我們同時把兩邊的資訊，用手機號碼傳給對方，如何？」黃莉萍提議，就像是在玩遊戲一樣。

「可是妳的手機號碼永遠無法顯示。」夏青抗議：「而且我的手機已經快沒電了。」

「妳都已經走到這裡了，我沒必要瞞妳。掛斷電話後，妳會收到密碼，測試大門可以開之後，妳再把她的聯絡方式傳給我。」接著，黃莉萍迅速把電話掛斷，大約只有幾秒鐘，夏青就收到了訊息。

「A、S、U、R、A。」夏青反覆默念了幾次，似乎有些熟悉，但是沒辦法猜測出來是什麼。於是她把這幾個英文字母迅速的在儀表版上點開。黃莉萍果然沒欺騙她，大門就這麼順利開啟了。她也遵守承諾，把廖芳儀的訊息傳過去。

她進入大門以後，是一個空曠的大廳，裡面一片漆黑，什麼都看不到。這時候，透過廣播系統，傳來了黃莉萍的聲音：「歡迎進來水月會的修行大廳。請妳往前繼續走，大約十公尺後會有一扇門，請妳打開，我會跟妳見面。」

「不會又有機關吧？」夏青不滿的說：「妳要不要先把燈打開？」

「放心，妳都進來這裡了，我有很多方式可以公開的傷害妳，幹麼還設置什麼機關？」黃莉萍笑得很燦爛：「我只是不想讓妳看到不該看的東西而已，請往前走，並且打開門。」

一樓的窗戶都用厚重的布幕遮著，所以夏青得慢慢的適應黑暗，但還是只能依稀見到某些障礙物在兩旁。她小心的走著，一邊用手試探，直到碰到一扇門，接著按照黃莉萍的指示打開門。打開門後，突然間所有燈光全亮，夏青的眼睛受到強光影響，一時睜不開，只看到黃莉萍的殘餘影像似乎在前方，而一陣噴霧直襲到她的面前，她在幾秒鐘內就此倒下。

＊＊＊＊＊

在接到白正廷的電話後，廖芳儀簡單的跟先生交代有緊急的事情要出門。先生非常關心她最近的狀況，當然也不放心她就這麼一個人出門，直嚷著要一起去，由他開車就好，這樣她還可以在車上休息，畢竟他們從孩子失蹤到現在，廖芳儀從來沒有好好睡過一場覺。

「不用了。我會很快回來。」廖芳儀說：「但如果我沒有很快回來，你要記得我愛你。」

「沒有很快回來？」廖芳儀的先生有些疑惑：「妳該不會要去什麼危險的地方吧？」

「沒。」廖芳儀親了先生一下，「天有不測風雲嘛！只是寶貝失蹤後，我有很多感慨而已。」

「好。快去快回。我等妳。」先生說。

「你真的都不問我去哪？對我也太放心了。」廖芳儀強顏歡笑。

「我知道妳愛我，不管妳去哪，都一定有妳的道理，沒什麼好問的。我只擔心妳的安危而已，我當然愛孩子，但是請妳記得，我也愛妳。」先生看著她的眼睛，真誠的說。

廖芳儀在開車飛奔的路上，一直想著先生剛剛跟她說的這些話。她知道，先生或許已經知道她要做什麼，也嘗試在挽留她。但是她已經沒辦法考慮先生的感受，只能一路往淡水，表達她最後的決心。

四十分鐘後，她到了水月會的淡水會場。她把車就停在大門外。下車後，她看到大門虛掩，便直接走了進去，看著那棟矗立的巨獸，她有些膽怯，不太敢進去，因為這是她一生中從來沒有遇過的事情。就在她猶豫要不要打電話給白正廷的時候，電話突然響起，她嚇了一跳，因為是不認識的號碼。她顫抖的接起電話，她大概可以猜測得到是誰。

「報告法官，我是告訴人黃莉萍，您還記得我嗎？」黃莉萍以戲謔的口吻嘲弄她。

「我來了。」廖芳儀的聲音在發抖：「妳可以讓我的孩子回家嗎？我願意跟她交換。」

「先別急，我在這裡等候您很久了。」黃莉萍說。「方便的話，請您進門接受我的招待好嗎？」

「妳可以把孩子還給我嗎？」廖芳儀開始掉眼淚，以哽咽的語氣說：「拜託妳，妳也曾經是媽媽，應該可以體諒我的心情吧？判決是我下的，妳針對我就好。」

「法官大人，您先別哭。今天晚上還要勞煩您以一個媽媽的身分，寫一份判決呢！」黃莉萍的聲音聽起來很輕鬆，但是透露出濃濃的邪惡氣味。

「我現在不是法官，已經留職停薪了。現在正在請育嬰假，怎麼寫判決？」廖芳儀不懂她的意思。

「放心。您還是不是法官，等一下您就會知道了。無論如何，您還是先進門再說吧！」黃莉萍慢條斯理的說。

廖芳儀擦乾眼淚：「好，我進去。進去後，妳會把孩子還我吧？」

「進來吧！」黃莉萍沒有再多說什麼。

廖芳儀推開大廳的門，讓大門保持開啟，希望有點微光透入。但燈光瞬時全部打開，她一度睜不開眼睛，等到適應後，她看到的景象，足以使她一生難忘。大廳約有一百坪的面積，左側有一面電視牆，而牆前則是專用來直播的專業攝影機，估計是水月會的師父用來直播使用。右側的椅子上，坐了兩個人，分別是魏信平與鄭騰慶。在椅子旁邊，則是嬰兒車，裡面就是廖芳儀的孩子。兩張椅子前面就是一張桌子，桌上竟然有一把槍，靜靜的躺在紅色的絲絨布鋪設的木盒上。魏信平的雙手被綁在椅子上，看起來極為虛弱，鄭騰慶靜靜的坐在位子上沒說話，廖芳儀的孩子則是在昏睡中。

「歡迎光臨水月會。現在直播已經開始，我們現在邀請到士林地方法院的廖芳儀法官，她也是我們今天的特別來賓，向全國所有的觀眾問好。」黃莉萍就像個主持人一樣，語氣雀躍的介紹她的到來。

廖芳儀注意到左側的螢幕已經開啟，直播的鏡頭就對著這些人，在線觀看人數竟然已經有幾百位，也已經開始有留言出現，但這些留言竟然大多都是「好期待」、「快開始了」、「法官快電爆她」等奇妙留言，只有少數幾則是「快報警」、「這太扯」等。黃莉萍招手請廖芳儀走到鏡頭前面，她有些遲疑，但是看到黃莉萍對著嬰兒車比了一下槍決的動作，即使害怕到腿軟，她還是舉步維艱的走了過去。

黃莉萍看到廖芳儀走過來，開心的對著鏡頭自言自語：「我先跟各位網友介紹今天的來賓。首先，坐在右邊的是鄭騰慶，這個人號稱自己有精神疾病，所以殺了兩個孩子無罪。而坐在右邊的是魏信平，這個人則是全國信徒最愛的宗教團體，水月會榮譽董事，地位僅次於他最熱愛的師父。據說他並沒有教唆另一位先生殺人，所以我們要一起問問他們，究竟發生什麼事。最後，這位來賓是審理這件案件的法官，據說她相信法律、篤信正義，是依法審判的好法官。我們最後會請她做出判決，告訴我們，什麼是事實。不過我們要先感謝魏信平先生，如果不是他慷慨出借場地，我們也無法讓全國觀眾透過網路來參與這場審判。所以我們先讓魏信平先生說說話。同時也請法官入座。」

黃莉萍示意要廖芳儀坐在桌子前面的另一張椅子上，就正對這兩位所謂的「被告」。

魏信平只能無力的回話：「我是無辜的，為什麼要抓我來這裡。」

「所以你不記得我了？」黃莉萍彎下腰問他。

魏信平抬起頭來看她，然後搖了搖頭。

「嘖，真是令人失望，竟然不記得我，可見你作惡實在太多。」黃莉萍不屑的說。「你還記得你在水月會的南投分會當資深委員的時候，做了什麼事情嗎？」

魏信平用盡力氣，使勁的回想究竟發生過什麼事情，才恍然大悟，大叫：「妳不是黃莉萍，你是黃小婷！」

「感謝你，我臉上的疤痕，還有我的孩子，都是拜你所賜。」黃莉萍諷刺的說：「今天要麻煩你，把事實的真相說出口了。」

「對不起！對不起！對不起！這一切都是我的錯，拜託饒了我一命！」魏信平或許知道自己已經面臨生命危險，大口大口的呼吸，就像是脫離水裡的魚一樣。

五年多以前，黃莉萍因為阿姨的介紹，進入水月會。但是從沒想過，這會是她生命中最大的轉捩點。她原本可以跟王炳耀談戀愛、結婚、生子，找一份穩定的工作，就算平凡也真實。但是進入水月會以後，一切都變了。魏信平身為教會高層，風度翩翩，自然有很多教眾喜歡他。剛開始，黃莉萍只覺得他對阿姨特別好，還想要湊成他們這一對，但是在幾次以後，她發現魏信平的目標其實是自己。魏信平曾經不只一次暗示她，如果跟他發生性關係，就可以在教會裡飛黃騰達。對於他的提議，黃莉萍只覺得噁心，也跟阿姨提起過，但是她得到的回應卻是冷淡且嫌惡的：「委員瞧得起妳，妳還不感恩？我要，人家還不給機會呢！」

那天晚上，阿姨藉口另外有事，提早離開教會，留下她跟魏信平單獨相處。魏信平命令她一定要進入委員室，把所有的門都反鎖後，強行脫掉她的衣服，強迫她發生性關係。她還記得魏信平完事後，當下的那句話：「敬酒不吃，我要的東西沒有拿不到手的！」接著，在拍了幾張裸照後，他要黃莉萍清洗自己的身體，而且把保險套、衛生紙通通丟進馬桶裡。

「妳敢說，這些照片就會到媒體上。我有事，妳也不會好過。這輩子妳算是完了，懂嗎？」

懷著悲憤的心情，黃莉萍離開教會，但是回到家後，面對的卻是更屈辱的遭遇。阿姨聽到她被性侵害，竟然面無表情，只是怪她勾引委員，害得自己沒有機會。她聽到這樣的回應，完全無法置信，宗教竟然會讓人瘋狂至此。就在她想離家的時候，阿姨對她下藥，在她昏迷的時候直接拿火鉗燙她的臉。在她醒過來後，阿姨是這麼對她說的：「妳這個淫蕩的女人，得要讓妳受點教訓才行。」

聽了這些尖酸的言語，黃莉萍很難想像這是照顧她長大的阿姨會說出來的話。於是她決定鼓起勇氣報警，但是沒有證據、欠缺證人，她沒在第一時間內報警，警方在草率做完筆錄後，檢察官也只是傳喚一次，就把這個案件以不起訴的方式結束。事實上，她連與魏信平對質的機會都沒有。傷害出現了、真相不見了。就在她想要再度站起來的時候，遇到她的前夫，再度被重傷一次。

「像妳這種被性侵害過、臉部有缺陷的女人，有人要，妳就要慶幸了，還不叩首謝恩？」黃莉萍記得前夫曾經對她說過這樣的話，就在他拉住她的頭髮，拚命毆打她的時候，這些字句，痛澈入心，就像燒紅的鐵鉗，再度把她的心燙過一遍。不過她相信，還有孩子可以給她希望。而魏信平就像冤魂一樣不散，再度毀了她的人生。至此她已經不知道人生何以為繼。

魏信平的慘叫聲，不斷的迴盪在大廳裡，也把黃莉萍從回憶中拉回來，「放心，我不會問你過去的事情，現在的一切就已經足以定你死罪。」黃莉萍冷酷的問：「被告，請問你有欺騙鄭騰慶去殺害小孩，藉此製造水月會的醜聞，陷害你的師父，藉此把她拉下馬，你就可以爭取水月會的董事長嗎？」

「我沒有。而且開刀以後的傷口還在痛，可以讓我去看醫生嗎？」魏信平痛苦的說。從包紮的紗布看起來，已經滲出暗紅色的血，甚至有一股惡臭出現，應該是傷口已經潰爛。

「很抱歉。你的答案是錯的。」黃莉萍拿起桌上的槍，對他的左腿開了第一槍。「這一槍，是替我自己開的。」

槍聲迴盪在大廳中，魏信平痛到跌在地上，哀嚎不已。廖芳儀以往都只有在卷宗裡看到所謂『開槍』，真實的場景還是第一次見到，她全身簌簌發抖。鄭騰慶聽到槍聲仍然面無表情，只是淡淡的看著這一切，小嬰兒則是大哭，現場十分混亂。網路上看到黃莉萍真的開槍，同時線上觀看人數急遽飆升，已經到萬人以上，而且持續增加中。留言卻是非常冷血：「假的吧！」「有種就殺了他！」「幹得好！」之類的話語，此起彼落。

「你曾經告訴我，生命轉化可以讓我媽媽的癌症變好。」鄭騰慶站起來，「而且你曾經跟我說過，特別是小孩子的轉化會比較順利，而且這不會傷害到誰。藥師經是你叫我默念的，你還說只要默念佛經，生命轉化就不是殺人，他們的生命會增加我媽媽的壽命。」

鄭騰慶說完那番話後，走過去他身邊，在他的傷口處踐踏，「可是我媽媽沒有好、她沒有好！她沒有好！」魏信平痛得臉色慘白，滿頭大汗，頻頻慘叫不已。

黃莉萍冷酷的再重複問了一次，「我再問你一次，你到底有沒有指示鄭騰慶去殺人？有沒有欺騙他，可以讓他媽媽延年益壽？」

魏信平一邊喘息、一邊以發白的嘴唇顫抖著說：「我真的沒有這麼做，我只有告訴他，念佛經可以讓媽媽身體更好。殺人是他自己去做的，不關我的事。」

黃莉萍又拿起桌上的手槍，毫不留情的往他的右腿開了第二槍。「錯！你根本就知道，他會因為你跟他這麼說，而去動手殺人。這一槍，是替寶寶開的。」黃莉萍把《藥師琉璃光如來本願功德經》的第二頁翻開來，丟在他的傷口上，他痛得大叫，鮮血立刻滲透到經書上。「你可以看看這本經書，是從你家裡找出來的。上面第二頁寫，「生命轉化、迴向功德、金童玉女、升天得道。」這是你的筆跡沒錯吧！如果鄭騰慶不是因為你寫這些文字，他會去找對象行凶嗎？」魏信平還要申辯，但已經沒力氣。他只是用顫抖的手翻開那一頁，然後不斷的喘著氣。

「所以你還堅持不是你教唆的嗎？」黃莉萍說。她抬頭看了一下直播螢幕，線上同時觀看人數已經超過十萬人，而且已經看不清楚留言，因為更新的速度實在太快。「沉冤得雪」、「伸張正義」、「你去死吧！」之類的留言倒是層出不窮。

「是我！是我！」魏信平幾乎無法呼吸，「拜託饒我一命！」

廖芳儀的聲音在發抖，但是她還是勇敢的對著黃莉萍說：「妳可以把這些證據交給法院，法院會依法秉公處理的，妳何必這麼做？妳這樣同樣也犯法，是以暴制暴。」黃莉萍淡淡的看了她一眼，然後說：「跟法官報告，這才是真正的交互詰問。你們做得到嗎？如果不是我，你們有查出真相嗎？」講完後，她不再理會魏信平，讓他在地上哀嚎打滾，幾分鐘後，他的聲音逐漸減弱。

「接下來換您上場了，法官。關於您依法裁判的部分，我身為受害人，完全不能接受。我也知道即使上訴高等法院，也是漫長的道路，還不一定可以釐清真相。所以我選擇了這種方式處理。現在我得要給妳一個艱鉅的審判任務，希望妳可以把握這次的機會。」黃莉萍對著廖芳儀說。

「什麼機會？」廖芳儀渾身發抖，因為她知道，如果她可以對魏信平連續開兩槍，那麼對她而言，廖芳儀就是縱放魏信平的元凶，更不會有什麼好下場。

「我要妳在鄭騰慶與你們家孩子之中，選擇一個活下來。他知道，只有第三個孩子送給藥師佛，完成最後生命轉化的過程，他的媽媽才能活下來。」黃莉萍面無表情。「那個孩子，就是你們家的『寶貝』。所以妳可能得要做選擇了。」

廖芳儀無法相信她竟然會說出這種話，滿臉通紅的對她說：「妳瘋了！妳知道妳在說什麼嗎？妳怎麼會相信這種鬼話？」

鄭騰慶聽到這句話，怒不可抑，直接衝過來打了廖芳儀一巴掌，然後對著她說：「我可以為媽媽犧牲生命，妳根本不懂！」她從小到大，從沒被這樣羞辱過，但此時保護孩子的念頭，早就已經超越原本的恐懼。她對著黃莉萍大吼：「妳要是傷害我的孩子，我一定跟妳拚命。」

鄭媽媽早在一旁嚇得不知所措，只能拿著佛珠，不斷的念著：「阿彌陀佛、阿彌陀佛」，鄭騰慶聽到媽媽發抖的聲音，原本凶惡的表情立刻轉換為柔和，輕聲的對鄭媽媽說：「這一切都是為了治病，等我把這個孩子轉化生命以後，一切就沒事了。您會好的，真的，您會好的。」

黃莉萍對於剛剛發生的事情無動於衷，她一腳踢開奄奄一息的魏信平，老實不客氣的坐在原本他的位置上。「那麼我們開始審判吧！」

「審判怎麼可以沒有律師呢？」夏青聲音突然在這時候出現。黃莉萍的表情並沒有多大變化，只是微微一笑，頭也不轉的說：「妳總算記起來密碼了。」

CHAPTER

13

終結孤單

夏青恢復清醒的時候，她覺得非常口渴，而且還有些頭暈，可能是因為剛才被迷昏，需要一點時間恢復正常。她摸了一下自己的頭，似乎是昏倒撞到地上，還好地板是塌塌米，才沒有太嚴重的傷害。她坐起身來，四周極端的寧靜，應該是打坐的地方，而且有很好的隔音設備，唯一的缺點是四周都沒有窗戶，而那扇門緊緊的被關著，她嘗試著要找開關，但是找不到。她心中不知道咒罵了黃莉萍幾次，覺得這實在太誇張，怎麼會用這種方式復仇。當然，她還不知道門以外的世界，已經天翻地覆，比她想像的情況還要嚴重許多。

夏青讓自己的眼睛慢慢適應黑暗，發現幾乎沒辦法看見可以找到出口的方式。她嘗試用手去碰觸可能有的工具，發現在門把之下，又有一個密碼鎖。可是她無法看得見密碼鎖的鍵盤上到底是什麼文字。她想要用手機的螢幕來當照明設備，才意外發現手機已經沒電。這時候，她開始覺得自己應該要學會抽菸才是，至少這樣就會隨身攜帶打火機。既然找不到方法，她索性在塌塌米上試著找工具，看能不能找到什麼。花了大概五分鐘，什麼都沒有。但是正要放棄的時候，她在角落摸到一個長條狀的小物件，她確認以後，興奮的大叫，竟然是打火機。雖然這一切未免也太巧，但是夏青並沒有多想，只希望趕快可以逃離這個房間。

夏青點燃了打火機，看了一下密碼鎖的鍵盤，「還好」不複雜，只有二十六個英文字母。但是她連密碼是幾位數、有沒有重複都不知道，想到這裡，她又覺得洩氣，因為一樣出不去。她憤怒的不斷拍打房門，希望可以有人聽到。這個房門很厚重，就算叫破喉嚨，應該也不會有人聽見的。不過她並沒有放棄，努力的回想，到底黃莉萍所設的密碼會是什麼？難道是她的英文名字？夏青想到這個念頭，立刻放棄，因為她也不知道黃莉萍的英文名字是什麼。難道是水月會的英文拼音？她立刻輸入，答案當然不是。會不會是她自己的英文名字？想到這裡，她自己都啞然失笑，黃莉萍怎麼會知道她的英文名字？她大概嘗試了幾十組的英文，什麼稀奇古怪的組合都輸入，最後她只得出一個結論，還好不是輸入三次錯誤以後就會爆炸，否則她應該已經屍骨無存。

就在無計可施的時候，夏青回想整件事情發生的始末。從進入大門到現在，似乎一切都是黃莉萍的安排，他們也完全在被掌握之中。黃莉萍精準的了解她所有的動作，與可能發生的情況，例如：進入這棟建物的大門，黃莉萍用密碼跟她交換廖芳儀的手機號碼，可是這似乎沒有必要，因為廖芳儀原本就會來，不是嗎？幹麼要特意做這種事？說到密碼，她還記得大門的密碼是ASURA，那到底是什麼意思？不是日文的櫻花，但是她為什麼覺得很熟悉？她反覆念了幾遍，腦袋裡突然變得很清楚，她在大學的時候副修的宗教哲學學門中，有一門印度宗教的課程，當中有提到印度教與佛教都有一個神明，叫做「阿修羅」，而所謂的ASURA應該就是巴利語「阿修羅」的意思。於是她又輸入了一遍，希望跟大門的密碼一樣，可惜還是錯了。

夏青懊惱的在想，究竟還有什麼可能性，於是強打起精神，努力的回想她與黃莉萍的對話中，有沒有提到相關的文字，卻怎麼樣也想不起來。相較於外面已經腥風血雨，這個小房間內一片寧靜。她告訴自己不要慌，先從「帝釋天」開始。帝釋天，是吠陀經典中最重要的神明，出身提婆（deva），是天界之主，但後來不再重要，被降為次階神明，位階低於梵天、濕婆與毗濕奴之下。在佛教的傳說中，帝釋天為「忉利天之主」，也就是統率諸天的「天人」。也有人稱之為「藥叉天」。根據《長阿含經》的記載，帝釋天曾要求焰摩天、兜率天、化自在天等，協助他與阿修羅作戰，也被稱為天主。她輸入了「帝釋天」的梵文，也就是SAKKA，但一樣是錯的。

夏青坐在地上，繼續努力的回想著所有跟黃莉萍有關係的訊息，腦海裡突然想到了千代野。夏青反覆的咀嚼這個名字，突然想起黃莉萍曾經在電話裡，跟她提過這個名字，而且還要她特別記起來日文拼音，她在想，會不會就是這個密碼，於是她用打火機的亮光，直接打出幾個英文字：CHIYONO。果然，這個答案是正確的，房間的門也就這麼打開了。然而打開門後，她不是被突然的亮光，而是被眼前的影像震懾住，在她的右側是一個大螢幕，顯然已經開始直播，同時在線人數不斷攀升，竟然已經有二十萬餘人。左側只看到魏信平已經奄奄一息，而鄭騰慶剛好站起身來打了廖芳儀一巴掌，廖芳儀則是對著鄭騰慶大吼，孩子的哭鬧還在持續。黃莉萍就坐在位子上，背對著她，「宣布」審判開始。夏青知道，現在的情況已經無法收拾，而且桌上還有一把手槍，但還是鼓起勇氣對著她說：「審判怎麼可以沒有律師呢？」

黃莉萍轉過身來對夏青說：「也好，身為一個資深大律師，妳可以幫助法官做選擇，究竟要選擇誰。事情是這樣的，鄭騰慶的媽媽正在休息，還需要最後一道手續，也就是第三個孩子的『生命轉化』，否則法力不夠。當然，也可以把鄭騰慶殺了，因為是自己的小孩，對媽媽恢復健康，有同樣的效力。我想請法官做最後的判決，究竟要給誰生路。」

廖芳儀聽到黃莉萍說出這些話，從位子上站起來，情緒潰堤，連一句話都無法說出口，只能驚恐的用手指著她。鄭騰慶則是低著頭、喃喃自語的重複說：「我要讓媽媽活下來、我要讓媽媽活下來……」黃莉萍則是像勝利者一樣，看著夏青：「夏律師，妳對法官有什麼好建議嗎？讓她殺了自己的孩子，還是讓法官判決這個人死刑？」

「當你凝視深淵時，深淵也在凝視著你。」夏青緩緩的說。

黃莉萍聽到這句話，神情震動了一下，臉部的傷痕更顯猙獰，從狠毒轉為悲愴。她知道夏青的意思，只是簡單的回答這句話：「我已經一腳踏進深淵了。」

「這一切都還來得及停止。」夏青懇求她。「妳還可以選擇，不要讓這件事情發生。」

「哈哈！妳真的覺得我還有機會選擇嗎？從那天以後，妳知道我是過著什麼樣的生活嗎？」黃莉萍的表情又轉為怨毒。「這位先生，堅持要上位，一點也不在乎人命；那位先生，堅持要救他的媽媽，但是殺了兩個孩子；這位法官，堅持要依法審判，不在乎真實；我失去了一個孩子、失去了找到真相的機會。然後妳告訴我還有選擇？妳不要自己以為可以燉一碗心靈雞湯給我喝，然後就告訴我，放下吧！回頭是岸。妳不是佛，我也不是！」

「南投發生了那些事情，對妳傷害很大，沒錯吧？」夏青提起了那段往事。

「妳果然知道了。」黃莉萍點點頭，然後轉頭看看躺在地上哀嚎的魏信平，「果然是我選擇的律師。那些過去，鑄造了我的現在。妳看看多好，不需要司法，我就可以親手制裁他。當年，他所做的一切，沒有真相；現在總算有這個機會，可以讓所有事情一次了斷。」

「縱然這一切都已經無法改變，妳受過的傷害，我已經知道，這是無法彌補的。但是人有自主性，妳可以選擇往哪個方向走。」夏青還是試圖說服她。

「如果妳還記得千代野，妳一定知道『無水也無月』這五個字？」黃莉萍突然問了夏青。

夏青當然知道這句禪偈，她用日文輕聲的念出這段話：「あれこれと，たくみし桶の底抜けて，水たまらねば，月もやどらじ。」

黃莉萍拍手：「對了。我被傷害以後，我一直以為自己可以是千代野，可以堅強的在這個世上苟延殘喘的修行。但是到後來我才知道，沒有了孩子，水也空、月也空。孩子就是我的水，當竹桶破底，一切就都是空。」

夏青聽到她這段話，知道情況已經無法挽回。她柔聲的對黃莉萍說：「那麼妳應該也記得無學祖元對千代野說出的那段話。」

「妳想要說什麼？」黃莉萍厲聲說。

夏青再用日文對她說：「過去の記憶を取り除けておらず，多くの求める心を持って修行している。このままでは佛法の真理を悟ることは永遠に不可能だ。」（如果不能把過去的回憶放下，對於修行會是一種阻礙，也不可能體悟到佛法的真理。）

黃莉萍用心的聽著她所念出來的禪偈，有些失神的低頭想著這幾句話。

「現在看到的事實，確實是以前的累積，這我無話可說。但是妳如果不能放下，這些累積會讓妳這一生都不會快樂。」夏青說，一邊緩緩的走向哭鬧的孩子身邊。

黃莉萍猛然抬起頭來冷笑：「妳不要輕舉妄動。槍裡還有子彈，如果妳想把孩子帶走，即使妳曾經是我的律師，我也不會放過妳。」

夏青無所謂的對黃莉萍說：「當然。我只是想要讓孩子不要哭而已，這樣會干擾法官的判斷，不是嗎？」她一邊說著，一邊從嬰兒車裡把孩子抱出來，對著所有人說：「事實上，廖芳儀根本不用選擇，我們應該要讓法官遭受這樣的痛苦，以後才會知道怎麼判決。她不懂老百姓在想什麼，這種菁英，就是要讓她知道『喪子之痛』這四個字怎麼寫。」夏青用雙手把孩子舉高，作勢要把孩子用力摔下去。

「不行！」黃莉萍尖聲阻止：「妳不能這麼做！我要讓她做選擇！」

夏青的手就抱著孩子，然後對著廖芳儀無奈的說：「好吧！看來妳得要做判決了。我個人的法律建議是這樣，這孩子根本就該死。鄭騰慶雖然殺了兩個孩子，但畢竟法官當時已經依法審判，根據鑑定報告的結論，以及刑法第19條第1項裁判被告無罪，依法理，一事不能二審，除非上訴，否則法院不能再判他一次死刑。所以現在只有讓這個孩子犧牲，才能挽救鄭媽媽的生命，不是嗎？」

黃莉萍對廖芳儀說：「寫下妳的判決書！我要妳做決定，請妳依法審判！」憤怒的把手槍遞交給她。黃莉萍抬頭看看螢幕，「你們看，網路上幾十萬人，正在等著看妳做決定呢！」

「我不怕生命轉化，師父說，人的肉體消滅，會到佛祖身邊。妳可以成全我，我媽媽很怕生命轉化，我不能讓她害怕。但是我一點也不怕，妳可以讓我去佛祖那裡。」鄭騰慶突然變得溫柔，對著廖芳儀說。

廖芳儀第一次真實接觸到手槍，她覺得那把槍異常沉重，而她幾乎已經恐慌到無法動手做任何事，只能不住的發抖，也無法說出任何話。然而黃莉萍又再次的催促她，厲聲說道：「妳給我立刻下決定。否則我就殺了妳。」

廖芳儀的心整個揪在一起，她當然想殺了鄭騰慶，但是法律告訴她，殺人是不對的。這可以稱為正當防衛？還是緊急避難？都到了這個時候，她的心裡還是不知道該怎麼抵抗法律給她的理性訓練。他本來就該死，不是嗎？如果不是精神鑑定報告，她當然會判他死刑，所以結論都是一樣的，她幹麼良心不安？更何況，她的孩子在等著她，只要開槍，事情就解決了，不是嗎？或者她也可以殺了黃莉萍，可是事情一定不會這麼順利的，萬一她還有其他方式折磨孩子怎麼辦？她心中已經隱然形成了決定，但是不知道在猶豫什麼，手就是發抖，沒辦法真的執行她「該做的事情」。

夏青緊抱著小孩，小嬰兒現在哭得厲害，也讓她很心疼。她知道廖芳儀一定不會對自己的孩子下手，但難道她就會對鄭騰慶開槍？或者是乾脆殺了黃莉萍？身為一個法官，她難道會相信私法制裁？這些混亂的思緒讓她只能緊緊抱住孩子，沒辦法做任何決定。但就在這個時候，她從眼角餘光看到門口出現了另一個人，那個人是白正廷。原來他被後門的警衛設施電昏後，花了一點時間才醒過來。他從建物後面不得其門而入，所以再回來前門。或許是因為廖芳儀要進入正門的時候，黃莉萍已經解除防衛系統，所以他很順利的進了大門。當他看到這麼可怕的景象，頓時知道怎麼回事。而黃莉萍的全副精神都放在廖芳儀身上，並沒有注意到白正廷已經靜悄悄的進了門。

「把黃莉萍制服，應該就沒事了。」他想，順手拿起了一張小椅子，繞到黃莉萍的後面，奮力的往她的頭上砸去，頓時鮮血如注。鄭騰慶看到白正廷的動作，憤怒的衝了過來，與他扭打成一團。廖芳儀看到她被襲擊後跌倒在地，於是對著黃莉萍的方向開槍，但是沒有打中，開槍的後挫力反而讓自己跌倒，手槍也跌落在地。夏青見狀，立刻把嬰兒交給廖芳儀，然後要她快離開現場。黃莉萍的反應也很快，把掉在地上的手槍撿起來，然後對空鳴槍，「你們通通不准離開這裡。」

這聲槍響，讓所有人不知所措。全部的人看著她，不知道她下一步要做些什麼。廖芳儀緊緊的抱住孩子，停留在原地，不敢繼續往前走，夏青與白正廷也被現場的氣氛凝結住，鄭騰慶則是警覺的看著她，似乎覺得要發生些什麼。

「這一切都是騙局。」黃莉萍慘然的說。「鄭騰慶，我不是仙姑，我也沒能力解救你母親，所有的一切都是假的。殺人不是生命轉化，人死了就死了，就像我再也看不到我的孩子一樣。我恨你殺了我的孩子，我不會原諒你。你媽媽一定會死，而且她很快就會死。」

鄭騰慶聽到這段話，發出了一聲怒吼：「我不相信！妳說謊！」

黃莉萍沒有理會他，而是繼續絕望的獨白，「法官大人，我知道法律有適用的極限，但是妳不是一個好法官。我不是怨恨妳沒有判他死刑，而是我覺得妳根本沒有想要了解真相，妳就是生活在自己的邏輯與法律的世界裡而已，根本不懂我們的心裡在想什麼。我們對妳來說，就是一個又一個的個案，一個又一個的代號。對於真相，你們不想查、也不會查，只想趕快結案。可是沒有真相的司法，根本說不上正義啊。」

「慢著！」夏青還是想要勸她把手槍放下。「妳還是可以有選擇，我們一起面對，好嗎？」

黃莉萍對她慘然一笑：「水桶破了、水沒了、月亮也沒了。一切都是空。」

「不，人間本來就是一場修行。而師父的意思，是要我們不要執著於表象，別讓過去的經驗阻礙了我們的修行啊！」夏青又往前靠了一步。

「妳不要再嘗試說服我了。現在的結局，也是一種選擇。」說完這句話，她把槍口往自己的胸口瞄準，然後微笑的對所有人說：「司法的精準度，並沒有比這一槍的精準度高。我變成了阿修羅，就應該要面對這一切的後果。我累了，想去陪我家的寶貝了。」然後扣下扳機。夏青想要過去搶奪那把槍，已經來不及。槍聲迴盪在大廳裡，而黃莉萍倒在血泊之中。

一如所有的警匪片結局，警方終於在白正廷報警後找到現場。救護車把奄奄一息的魏信平與鄭母帶回醫院，警方則是將鄭騰慶以殺人未遂的罪名再度移送法辦，並且以警車將夏青、白正廷與廖芳儀送回警局。廖芳儀緊緊抱著自己的孩子，什麼話都說不出口。警方客氣的請夏青到警察局說明當時的情況，夏青只是淡淡的說：「我累了，明天再說吧！」

白正廷叫了夏青一聲：「夏律師，妳記得在車上剛剛問我的最後一個問題嗎？」

夏青已經忘記剛剛問了他什麼，以疑問的表情看著他，並沒有回話。

「我喜歡律師這份工作，真心的。」

＊＊＊＊＊

事情發生之後的第二天，所有報紙標題當然都被這件事淹沒，但是夏青沒有力氣再去想這些事情，因為對於黃莉萍的死，她無法釋懷。而且她對於整件事有說不出來的情緒，總覺得找不到出口。她交代祕書拒絕所有媒體採訪，就把自己關在辦公室裡，用沉默來療傷。中午以後，祕書拿了一封信進來，上面沒有署名，但是夏青一看，知道是黃莉萍的筆跡，她連忙把信件打開。

「夏律師：很抱歉讓妳走過這一趟。我真心的感謝妳曾經給我的幫忙。一開始看到妳，我就很相信妳。不知道為什麼，我總覺得我們兩個人的個性相似，如果不是站在不同的位置上，我們應該會是很好的朋友、很好的姊妹，可惜，我們的過去不同，所以我們做出了不同的選擇。

「妳曾經跟我說過，站在不同的山頭看風景，看到的事物不會一樣。我相信這件事，也就是因為如此，我認為司法是找不到真相的。當面對同樣的事情，不同的法官有不一樣的判斷，妳要我怎麼相信司法？在這個體系當中，有人想要快速結案，有人想要依法審判，有人認真查案，對於我們老百姓來說，遇到願意花時間去了解當事人、查出真相的法官，就像是抽籤一樣，要碰運氣。

「昨天那一切，是我早已預設好的場景，因為那天就是寶貝的生日。在判決以後，我拜訪過鄭騰慶，知道他確實沉迷於宗教的轉生概念，所以我使用了一點小技巧，讓他相信我是仙姑，才知道這一切只是魏信平與曹靖宇的權力鬥爭之下，意外發生的悲劇。魏信平確實沒有殺人，但他對鄭騰慶說的話，等於是他殺了人，卻沒有任何人受到任何制裁，也找不到真相。這是對的嗎？於是我賣掉房子、帶走魏信平、製造假車禍、請一個小女孩帶走法官的女兒、欺騙鄭騰慶，讓他以為只要再殺人，媽媽還有救，都是為了要找到真相。

「我要法官來做選擇。如果是她的孩子，她會不會選擇殺了鄭騰慶，來拯救她的小孩。我一直希望有人可以阻止我做這件事，但是我心中卻也一直想要把這件事完成。所以我不曉得妳會不會記得密碼、找到打火機，如果可以，請妳要阻止我。如果沒有，那麼就讓我掉進地獄裡好了。

「我過去所受的苦，比起千代野來說，並不算什麼。她最後悟道了，但是我最後還是墜入魔道。

「妳收到這封信的時候，應該所有事情都已經發生。我不知道結局會是什麼，但是我會在另一個世界，與我的寶貝相見。我，不是千代野，還是忍不住選擇成為了阿修羅。過去的一切，造就了現在的我，我曾經想要選擇另一個方向，但是很抱歉，讓妳失望了。

「妳是一個好律師，謝謝妳所做的一切。」

夏青眼眶泛紅的看完了這封信，把信件放進她的盒子裡。窗外的陽光很燦爛，她把窗簾打開，深呼吸了一口氣，然後對自己說：

「出發吧！」

國家圖書館出版品預行編目資料

最後的審判 / 呂秋遠 著 -- 初版 . -- 臺北市 : 三采文化, 2020.1
面； 公分 . -- (iRead;121)

ISBN 978-957-658-300-1(平裝)

863.57 108023188

@ 封面圖片提供：
Asim Patel / Shutterstock.com

suncolor 三采文化集團

iREAD 121

最後的審判

作者｜呂秋遠
副總編輯｜郭玫禎 校對｜張秀雲
美術主編｜藍秀婷 封面設計｜池婉珊 內頁排版 陳佩娟
行銷經理｜張育珊 行銷副理｜王思婕
人物攝影｜黃仁益 梳化｜謝佳霈

發行人｜ 張輝明 總編輯｜ 曾雅青 發行所｜ 三采文化股份有限公司
地址｜ 台北市內湖區瑞光路 513 巷 33 號 8 樓
傳訊｜ TEL:8797-1234 FAX:8797-1688 網址｜ www.suncolor.com.tw
郵政劃撥｜ 帳號：14319060 戶名：三采文化股份有限公司
本版發行｜ 2020 年 2 月 7 日 定價｜ NT$380

suncolor

suncolor